죽이는
무자본
창업아이템
72가지

무자본&소자본사업 편

목차

목차

■ 전편에 소개된 아이템 중 무자본 창업 가능한 아이템 소개

들어가는 글

　행복해지려면 행복한 사람 옆에 있으면 됩니다. 행복한 사람 옆에 있으면 행복해질 확률이 15%가 올라가고 행복한 사람의 친구의 친구가 행복해질 확률은 10%가 올라간다는 연구결과를 서울대학교 심리학과 최인철 교수가 발표한 적이 있습니다.

이것과 비슷한 논리로 사업에 성공하려면 사업에 성공한 사람들 근처에 있으면 성공할 확률이 높아집니다. 이건 저의 연구 결과입니다.^^ 이것만으로도 책값 14,800원은 굳었다고 보시면 됩니다.

　죽이는 사업 아이템 시리즈 중 무자본, 소자본으로 가능한 아이템들을 새롭게 발굴하여 '죽이는 무자본 사업 아이템'이라는 타이틀을 달고 책으로 출간하게 되었습니다.

기존 책은 본격적인 사업자들을 위한 사업 플랫폼을 주로 다룬 책이었다면 본 편은 무자본이나 소자본만으로 가능한 아이템들을 발굴하여 소규모 사업 위주로 스타트업 할 수 있도록 하였습니다.

　아이템 선정은 검증되지 않은 새로운 아이템들은 대다수 제외했고, 현재 수익을 올리고 있는 아이템 위주로 수록하였습니다. 또 수입 규모는 월 500만 원~1천만 원 정도를 올릴 수 있는 수준으로 구성되어 있습니다.

보통 이런 질문들을 많이 하는데 '뭐 돈 되는 사업 없냐?'라고.. 이런 질문은 사실 사업을 모르는 사람들끼리 하는 질문입니다. 국내에 이미 나올 수 있는 사업 아이템은 다 나왔다고 봐야 합니다. 제가 학교 다닐 때 들은 강의 중 기계공학과 교수가 '세상에 나올 수 있는 기계 방식은 다 나왔다'라고 내용이 생각이 납니다.

사업도 마찬가지라고 봅니다. 나올 수 있는 사업은 99% 다 나왔다고 봅니다. 단지 이미 나와 있는 사업을 얼마나 효율적으로 하는가와 나와 있는 사업들을 어떻게 조합해서 새로운 사업 형태를 만드느냐가 남아 있는 것 같습니다.

최초의 스마트폰은 애플의 아이폰일 것으로 생각하는 사람이 많을 텐데, 사실 그전에도 스마트폰은 블랙베리폰, 모토로라 스마트폰 등 시중에 많이 나와 있었습니다. 후발주자인 아이폰이 스마트폰으로 대박을 터트린 이유는 키패드 방식이 아닌 터치스크린 방식과 앱 생태계 때문입니다. 그렇다고 애플이 터치스크린을 개발한 것도 아닙니다. 핸드폰 글자 입력을 터치스크린 방식으로 도입하자 핸드폰 화면을 더 크게 사용할 수 있게 되어 PC를 대체할 정도까지 된 것입니다.
PC에서 사용할 수 있는 검색이라든지, 뉴스라든지, 동영상, 사진, SNS, 이메일 등 대부분의 기능을 사용할 수 있게 되어 큰 성공을 거두게 됩니다.

이처럼 사업에서 대박을 터트리려면 발명보다는 사업을 효율적으로 개선하도록 노력해야 합니다.

이 책에 있는 아이템들은 대부분이 이미 시중에 나와 있는 것 중 월 수익을 500만 원 이상 낼 수 있는 사업들 위주로 소개하였습니다. 그냥 봐서는 이게 무슨 돈이 되냐고 반문할 수도 있을 텐데, 실제 사업을 눈으로만 봐서는 얼마를 버는지를 알 수 없습니다.

일은 똑같이 바쁜데 편의점은 한 달 300만 원 벌고, 컨테이너 창고업은 한 달 1000만 원 버는 식입니다.

또 한 가지는 자영업으로 성공하려면 업종을 잘 선택해야 합니다. 시중에 커피 전문점이 많지만, 프랜차이즈 본사의 말을 들어보면 실제로 상위 5% 정도만 한 달 500만 원 이상을 번다고 합니다. 자영업으로 업종 상위 5% 안에 들려면 1년 365일 밤낮으로 정말 힘들게 일해야 합니다. 하지만 여기 소개된 아이템들은 업종별 중간 정도만 돼도 월 500만 원 정도를 벌 수 있게 코칭되어 있습니다. 물론 더 개선한다면 큰 사업으로까지 확장될 것입니다.

성공적인 사업을 하기 위해
고려해야 할 사항들

왜 치과병원은 잘 되고, 치킨집이나 편의점은 안 되는 것일까?

사업이 되는 이유, 안 되는 이유는

반드시 논리적으로 입증이 가능하다.

단순히 손님이 없어서? 인구가 줄어서? 라고

생각하는 것이 보통이지만

분석을 해보면 사업이 안 되는 이유가 반드시 있기 마련이다.

그러므로 사업을 하기 전 이러한 논리적인 이유에 대해

알아 둘 필요가 있는 것이다.

사업의 수요와 공급법칙

치킨집 한 곳당 인구수 1,800명대
치과의사 한 명당 인구수 2,000명대

그런데 치킨집 사장은 월 200만원을 가져가고, 치과의사는 월 1천만 원을 가져가는 것일까?

그 이유는 절대 마진 금액의 차이이다.
치킨 1마리 팔았을 때 모든 비용을 다 빼고 1천원이 남는다고 보면 치과병원의 경우 고객 1명 치료 당 몇 만원의 마진이 남기 때문이다. 그렇다면 치킨은 왜 고마진을 남길 수 없는 것일까? 그 이유는 간단한데 어느 누구나 치킨집을 할 수 있기 때문이다. 만일 치킨 한 마리 팔았을 때 1만원의 순이익이 남는다고 치면 모든 치킨집이 월 수익 1천만 원을 가져 갈 수 있을까?
그건 아니다. 이렇게 될 경우 치킨집을 차리는 사람의 수는 지금의 10배를 넘게 되어 그 이익을 나눠 갖기 때문이다.
치과병원도 마찬가지의 논리로 운영되고 있는데 만일 1년에 배출되는 치과의사가 지금의 10배가 된다면 치과의사 1명 당 인구수는 200명일 테고, 가격경쟁은 더 심화되어 치과의사라고 하더라도 월 200만원 가져가기도 힘들어진다.
그러므로 1년에 배출되는 치과의사수를 제한하는 것이다. 이것과 비슷한 사례가 1년 사법고시 합격자 수이다. 사법고시 합격자수가 늘어날 경우 변호사수가 급증하여 변호사 1인 당 수입이 급격하게 줄어들게 된다. 하지만 최근 법률시장의 확대로 로스쿨 등의 제도를 오픈하면서 다수의 변호사를 배출하게 되어 변호사도 과당 경쟁체제에 돌입하여 백수 변호사들이 늘어날 전망이다.

수요와 공급의 법칙은 모든 사업에 적용된다고 보면 되므로 가능하면 수요대비 공급이 적은 업종을 창업하는 것이 좋겠다. 필자는 가능하면 좀 생소한 분야의 창업을 권하고 싶은데 예를 들면 장애인보장구 사업 같은 걸 추천하고 싶은데 최근 들어 의료복지 부분에 정부 지원금이 늘어나서 장애인보장구 같은 경우 80% 이상 정부지원이 되고 있다.

대표적으로 보청기, 에어매트, 전동휠체어를 들 수 있는데 보청기의 경우 구매 시 정부지원금이 116만원 정도가 나오며 전동휠체어는 209만원 한도금액 내에서 본인 부담 41만8천원 (20%)만 하시면 전동휠체어를 구매하실 수 있다. 즉 나머지 금액은 공단에서 80%를 판매자에게 지원해주는 것이다.

보청기 같은 경우도 2015년 말에 지원 한도가 몇 십만 원 대에서 116만원 정도로 한도가 늘어남에 따라 사업자 또한 많이 증가하고 있는 상황이다. 보청기 원가 몇 십만 원 안 할 텐데 한 대만 팔아도 116만원까지 정부 지원금이 나오니 보청기 판매가 잘 될 수밖에 없다.

이와 같이 수요에 비해 공급이 그다지 초과하지 않은 사업을 찾아서 창업을 한다면 수익 면에서 상당히 좋다고 할 수 있겠다.

멋들어지게 카페를 차려 봐야 알바생보다도 수익을 적게 가져가는 것이 현실이다. 필자도 프랜차이즈 커피전문점을 차려 봤는데 한 달 매출 1500만원이 넘는데도 실제 가져가는 돈은 200만원이 채 안 되었다. 여기다 보증금하고 인테리어에 들어간 수천만 원을 따진다면 굉장한 적자라고 봐야 한다. 그러므로 사업은 자기만족에 폼 잡고 해봐야 빚만 지게 되고, 사회분야 중 공급이 그다지 많지 않은 업종을 골라서 창업하는 것이 1차적인 성공이라 하겠다. 사람들 눈에 띄는 업종이 왜 안 좋냐고 하면 그걸 보고 따라서 차리는 경우가 많기 때문이다. 그러므로 사업은 사람들 눈에 안 띄게 돈을 벌어야 한다.

사업을 시작할 때 가장 중요하게 보아야 할 것은 동종업계의
매출과 이익이다.

어떤 사업을 하던 간에 힘은 거의 똑같이 든다. 삼성 같은 대기
업을 운영하든, 동네 치킨집을 운영하든 힘 드는 건 마찬가지이
다. 대기업이니까 중소기업 운영하는 것보다 훨씬 힘들 것이라
고 생각하겠지만 실상은 그렇지 않다. 힘 드는 건 거의 비슷하
다. 10평짜리 커피전문점을 운영하나 100평짜리 대형 커피전문
점을 운영하나 힘 드는 강도는 비슷하기 때문이다.

오히려 100평짜리 대형 커피전문점을 운영하는 것이 종업원들
에게 갑질도 안 당해서 오히려 좋다고 하는 사람도 있다.

우리가 생각하는 것 보다 각 업종별 매출액이나 이익률 차이는
큰데, 여행업과 같은 업종은 매출액은 큰 반면 이익률이 5% 정
도밖에 되지 않아서 대표적인 실속 없는 사업아이템이라 할 수
있겠다.

반면 화장품과 같은 업종은 매출액 대비 이익률이 90%가 넘기
때문에 한 분야를 잘 선택하여 제조까지 한다면 크게 성공할 업
종이다. 어차피 원료는 해외에서 수입해서 쓰기 때문에 대기업
이나 소기업이나 품질의 차이는 없다.

사업에 대한 적성도 중요하지만 실제로는 자신이 생각하는
매출 규모와 엇비슷하게 맞는 업종이어야 오래 할 수 있다. 예
를 들어 한 달 1천만 원 순이익을 목표로 하는데 50평짜리 PC방

을 창업한다면 턱없이 부족할 뿐만 아니라 얼마 못가서 지치게 된다.

각 업종마다 매출의 한계선이 있기 때문이다. 치킨집을 운영할 경우 가게가 아무리 잘 된다 해도 하루 튀길 수 있는 닭의 마리 수가 있고, 한정된 테이블을 넘을 수 없다. 한 달에 300만원 이하를 목표로 한다면 모를까 그 이상을 원한다면 가게를 매각하고 또 차려야 하는데 그 과정에서 1억 가까운 돈이 날아간다. 그러므로 애초에 목표금액과 비슷한 매출을 낼 수 있는 창업아이템을 찾는 게 중요하다.

또 업종별로 원가가 들어가지 않는 무형의 상품 판매업종도 있는데 그만큼 경쟁은 치열하나 마케팅 능력이 된다면 괜찮다고 본다. 예를 들어 인터넷으로 휴대폰을 판다든지, 정수기 렌탈상품을 판다고 할 경우 실제 물건을 갖다놓고 판매하는 것이 아니다.

물건은 대리점이나 총판에서 배송을 해 주는 것이므로 원가도 없고, 재고도 없다. 대신 이런 업종은 마케팅에서 승부가 나기 때문에 마케팅에 상당한 지식을 가지고 있어야 한다. 단순 마케팅 대행을 맡기면 되겠지 하는데 큰 오산이다.

인터넷마케팅이라는 것이 뛰는 놈 위에 나는 놈 있는 방식이라 지속적으로 공부를 해 나가야 한다. 필자가 소개받은 사람 중에는 개인이 인터넷마케팅만으로 한 달 초고속 인터넷 개통을 몇 천대씩 해 내는 사람이 있는데 인터넷마케팅으로 지존 단계에 오르면 이렇게 한 달에 몇 억 단위까지 벌 수 있으므로 도전해 볼 만하다. 대신 어느 정도 프로그램 개발 능력을 가지고 있어야 한다. 프로그램 개발이라는 게 어렵게 생각하는 사람도 있겠으나 앱이나 웹용 프로그램은 1-2개월, C나 자바 같은 경우 6개월 정도면 마스터할 수 있다. 돈을 벌려면 이 정도 투자는 선행되어야 한다고 본다. 아무런 노력도 하지 않고 큰돈을 벌려는 사람이 몇 백만 명이기 때문에 그 중에 한두 명쯤은 가능하겠지만 대다수는 실패하지 않을까?

이렇게 개인 무자본 창업이라는 것은 상당한 개인기를 가지고 있어야 성공이 보장되는 사업이다 보니 개인기를 통한 무자본 창업에 지친 분이라면 한 단계 윗단계의 사업을 해 보는 것이 더 좋다고 할 수 있다.

필자도 30대 초반까지는 이런 개인기를 가지고 1인 사업을 시작했고, 이런 개인기가 뛰어났음에도 불구하고 한 달에 몇 백만 원 이상을 벌어 본 적이 없는 것 같다.

실제적으로 돈을 번 것은 이런 개인기사원을 활용해서 돈을 번 것이다. 이와 같은 개인기 사원은 넘쳐 나므로 이런 개인기 사원을 모집해서 하는 사업을 하면 어느 정도 성공할 수 있다.

예를 들어 소규모 여행사를 한다고 쳤을 때 여행사를 소개시켜주고 수익을 분배할 개인기 사원을 모집한다면 그들이 많은 여행고객을 데려 올 것이다.

이와 같이 이런 개인기 사원의 윗단계 사업을 한다면 일도 훨씬 편해질 뿐만 아니라 더 많은 돈을 벌 수 있다.

사업의 확장성

사업을 하는 이유는 가지각색일 것이다.

단순히 한 달 300만원을 버는 것이 목표인 사람이 있고, 작은 창업을 기반으로 큰 사업을 구상하는 사람이 있을 것이다. 그러므로 사업을 하기 전 이사업이 확장성이 있는지를 따져봐야 한다. 테이블을 놓고 하는 주점이나 식당의 경우 만석일 경우 얼마의 수익을 올릴 수 있고 여기에 만족할 것인지를 생각해야 하는 것이다. 내 꿈이 이것이 아니라면 애초부터 안 하는 것이 좋다. 식당하나 차려서 잘된다고 해서 문을 닫고 더 큰 식당을 차린다고 하면 몇 천만 원은 바로 날아가기 때문에 1년 치 수익금이 한 번에 날아갈 수 있기 때문이다.

필자의 경우에도 홍대에 2개의 가게를 내서 잘 되었음에도 불구하고 접고 다른 사업을 하게 되면서 거의 돈을 벌지 못한 기억이 난다.

그러므로 사업을 시작할 때 망했을 때도 대비해야 하겠지만 대박이 났을 때 어떻게 해야 할 지를 생각하고 사업을 시작해야 한다.

확장성이 있는 사업은 단순 Table Charge 수익만 있으면 안된다. 확장성은 오히려 배달 쪽에 더 확장성이 있다고 보는데 배달은 하루 몇 백 건이 들어와도 소화가 가능하다. 하지만 테이블 차지는 일정 테이블 개수 이상의 고객을 받을 수가 없다. 필자가 20대 초반에 아르바이트 했던 중국집의 경우 홀은 테이블이 6개도 안되었으나 배달오토바이만 10대가 넘었다. 아파트 상가라서 거의 배달 위주의 중국집이었는데, 사장이 장사 수완이 좋아서 하루 주문 매출만 100만원이 훨씬 넘었다. 오전에는 배달사원 10명이 이쑤시개 통을 각 아파트마다 돌리는데 점심 이후부터 주문이 폭발한다. 배달사원 10명이 거의 쉴 시간이 없을 정도로 배달을 했었는데 이게 가능했던 이유는 확장성 때문이었다.

테이블 위주의 매출만 올렸더라면 하루 매출 30만원 올리기도 힘들었을 텐데 주된 매출분야를 배달로 함으로써 굉장한 확장성을 발휘한 것이었다. 물론 사장이 굉장한 짠돌이라서 몇 달을 못 버티고 아르바이트를 그만 두기는 했지만 굉장한 장사 수완이 있었던 걸로 오랫동안 기억에 남는다.

또 한 가지 확장성을 발휘해서 성공한 컴퓨터 가게가 있었는데 용산전자상가의 조립pc전문점이었다. 이곳은 20평 남짓한 작은 상가였으나 인터넷 최저가로 알려지면서 주문이 엄청나게 밀려드는 곳이었다. 인터넷 최저가라고 해 봐야 불과 1-2천원 차이인데도 주 고객층이 학생이다 보니 작은 금액차이에도 하루 100대 이상의 조립 PC를 판매하였다.

PC를 살 때 모니터 하고 주변기기 등도 같이 산다고 하면 컴퓨터 한 대당 100만원은 족히 드는데 하루 100대 주문이면 하루 매출액만 1억 원이 넘는 것이다. 어차피 조립도 학생들이 직접 사 가지고 가서 집에서 하므로 가게는 부품만 파는 것이다. 이런 가게도 확장성이 굉장히 뛰어난 편이었는데 20평짜리 가게가 한 달 매출액만 30억 원이라는 것이 말이 안 된다.

또 회현상가 쪽에 가면 상품권가게들이 즐비한데 인터넷으로 주문을 받는 곳은 하루 거래량만 몇 억 원에 이른다. 중간 마진은 0.**%단위이긴 하지만 5평도 안 되는 가게에서 그야말로 엄청난 매출액이 아닐 수 없다.

　　작은 사업이라고 해서 짧은 안목을 가지고 사업을 하면 안된다.

카카오택시 같은 경우 3년간의 무료 서비스 이후 2018년에 정식 부분 유료화를 해서 매출액 1천억 원을 달성할 전망이다. 아마존 같은 경우는 몇 십 년간 노마진으로 사업을 해서 2018년 기준으로 창업자가 세계 최대의 부호자리에 오르기도 했다.

이와 같이 사업은 장기적인 안목을 내다보고 해야 성공할 확률이 높다. 마시멜로 테스트의 예를 들자면 어린 애들을 모아놓고 마시멜로 과자를 앞에 놓고 선생님이 나갔다 올 동안 이 과자를 먹지 않는다면 2개를 주겠다고 하는데 나중에 보니 유혹을 참지 못하고 먹은 아이들과 먹지 않은 아이들을 성인이 될 때까지 추적해본 결과 먹지 않고 참은 아이들이 성인이 되었을 때 사회지도자가 될 확률이 훨씬 높았다고 한다.

이 테스트는 사업에도 적용이 되는데 사업자들 중에는 바로 눈앞에 이득만을 보고 달려드는 사람이 의외로 많은데 이들은 종국적으로 성공하지 못하는 경우가 많다.

　　아무리 작은 사업이라고 하더라도 어느 정도 긴 안목을 가지고 사업을 해야 성공할 확률이 높다고 할 수 있다.

일산 라페스타에 필자가 애들을 데리고 자주 가는 '뽑기의 신'인가 하는 인형 뽑기 방이 있는데 애들은 반드시 이곳만 가려고 한다. 일산에 10군데가 넘는 인형 뽑기 방을 전전 했지만 애들이 가장 좋아하는 인형 뽑기 방이다.

우선 이곳은 인형이 잘 뽑힌다. 보통 뽑기 인형 1개에 5천 원 대가 넘기 때문에 업주들이 인형이 잘 안 뽑히도록 기계를 설정해 놓는 것이 일반적이다. 그래야 임대료도 뽑고 마진도 남길 수 있기 때문이다. 하지만 대다수의 인형 뽑기 방은 2-3만원을 써도 인형 1개 뽑기가 힘들다. 그런데 이곳은 1만원만 써도 인형 2개 정도를 뽑을 때가 많다. 물론 어떤 날은 3-4만원을 써도 1개 도 못 뽑는 날도 절반은 된다.

그런데 이곳은 1천 원짜리를 환전하는데도 줄을 서야 할 정 도로 사람이 붐빈다. 그 앞에서 대충 하루 매출을 따져 봐도 몇 백만 원은 넘는 것 같다. 한 달 매출액이 1억 원도 더 되는 것 같 다. 분명 이곳은 인형이 잘 뽑히는 곳이 맞고 1만원을 가지고 인 형 2-3개를 뽑는 날도 부지기수이므로 과연 이렇게 해서 사업 이 되나 싶을 정도이다. 하지만 절반은 몇 만원을 투자해도 허 탕을 치는 날도 부지기수였다. 그렇게 따지만 절반은 남긴다고 봐야겠다.

절반을 남긴다고 했을 경우 계산상으로 5천만 원은 한 달에 번다는 얘기가 되는데...

9살, 5살 난 꼬맹이들도 일산 라페스타의 인형 뽑기 방은 어디 로 가야 하는지 아는 걸 보면 이 사장의 마케팅 수완은 대단한 것 같다. 아마도 마시멜로 테스트에서 최고점을 획득하지 않았 을까?

이런 반면 대다수의 인형 뽑기 방들은 사업을 길게 보지 않고 지나가다가 얻어 걸리기만을 바란다. 인형은 안 뽑고 1천원 환 전만 해간다고 경고문이 붙어있을 정도이다. 인형을 뽑는 사람이 없으니 자동지폐교환기에는 돈이 가득 차 있어서 항상 환전이 가능하다.

이건 하나의 실례를 든 것인데, 무조건 이득만을 취하려고 한다면 사업은 어렵게 진행이 될 뿐만 아니라 얻는 수익 또한 미미하게 된다. 보통의 인형 뽑기 방의 한 달 순이익을 300만원이라고 쳤을 때 여기 인형 뽑기 방은 막 퍼주는데도 불구하고 10배의 수익을 가져간 것이다.

카카오택시와 같은 비즈니스는 더 먼 미래를 보고 사업계획을 세운다.

한국의 콜택시 산업이 1500억 원이라고 하는데 이 산업 자체를 다 먹기 위해서 카카오택시는 3년간 무료서비스를 기획한다. 무료서비스를 하는 동안 한국 콜택시 업계는 전원 도산하게 된다. 그 이후 부분 유료화를 통해 시장을 장악하는 모델이라고 보면 된다.

한국 콜택시 전체 시장이 1500억 원인데 카카오택시가 2018년 1년간 올리는 매출액이 1000억 원을 예상하고 있을 정도이다.

아마도 1천억 원의 대부분은 순이익으로 전환될 것이다. 카카오택시는 기존 콜택시와 달리 프로그램으로 100% 운용되므로 콜을 처리해 주는 상담인력이 없다. 그러므로 3년간 무료로 운영할 수 있었으며 마진율은 최고일 것이다.

알리바바 같은 경우도 중국시장을 장악하고 있던 이베이와 경쟁하기 위해 노마진 전략을 구사했다. 결국 버티다 못한 이베이는 중국시장을 철수했고, 알리바바는 독점적 위치에서 중국시장을 장악하고 편하게 사업하는 것이다.

이렇게 노마진 전략으로 한다고 해도 알리바바의 창업자는 수 조원의 재산을 얻게 된다.

그러므로 사업이 작던 크던 장기적인 안목으로 사업을 하는 것이 중요하다.

사업에 있어 사회적인 현상이 매우 중요한데, 예를 들어 예전에는 동대문 밀리오레, 두타 등이 호황을 누렸던 적이 있었다. 필자가 아는 사람은 3평, 작은 매장에서 추석대목에 4천만 원을 벌었다고 자랑한 적이 있을 정도로 호황이었다.

하지만 구매추세가 가격이 저렴한 점차 옥션이나 지마켓 등 온라인으로 이동하면서 이런 오프라인 매장들은 장사가 안 되기 시작했다. 이런 현상은 더 가속화되어 오프라인 매장의 상당수가 부도가 날 정도였는데, 예전에 성업했던 옷 쇼핑센터들이 요즘에는 거의 보이질 않는다.

또 새로 태어나는 인구가 급속히 줄어들면서 유아관련, 아동관련 산업은 갈수록 위축되고 있는 현실이다. 지금은 20대 인구도 상당수 줄어들어 젊은 층을 대상으로 하는 산업들도 불황에 시달리고 있다. 반면 인구가 고령화되면서 의료, 실버, 요양 등등의 실버산업은 번창해 가고 있는 실정이다. 특히 실버관련 산업은 정부지원의 확대로 지원금까지 받으면서 사업을 할 수 있다. 요양원 같은 경우도 환자 등급에 따라 80%의 정부 지원금이 나오므로 환자에게 20%의 비용을 받고 정부에서 나머지 80%의 비용을 받으면서 운영할 수가 있다.

의료보장구 같은 경우도 정부지원금이 늘고 있어 노인인구의 증가에 발 맞춰 이쪽 사업도 나쁘지 않을 전망이다.

마케팅 하는 법

이 책에 소개하는 사업 아이템들은 대부분 마케팅을 필요로 하는 사업

들이다. 마케팅으로 거의 승부가 나는 아이템들이라고 해도 과언이 아닐

것이다. 아이템만 소개하고 마케팅 하는 법을 알려주지 않는다면 아이템

으로의 가치를 상실할 것이다.

그러므로 해당 아이템별로 마케팅 방법을 설명하고자 한다.

사업자들에게 가장 권하고 싶은 건 네이버, 다음, 구글과 같은 검색엔진 마케팅이다. 검색엔진 마케팅으로 실패한 아이템은 다른 광고를 한다고 해도 실패할 가능성이 매우 높아서 그냥 실패라고 보면 된다.

키워드 클릭단가가 높아서 다른 광고를 하겠다고 하면, 이건 큰 착오이다. 필자가 17년 동안 이것저것 사업을 20가지 정도를 해 보았지만 항상 키워드 광고보다 효율이 좋은 광고는 없었다. "비 타깃광고는 결코 타깃광고를 따라올 수 없다." 이건 17년 동안 광고세계를 경험하면서 얻은 결론이다. 페이스북이 히트시킨 리마케팅 광고도 결국은 해당 상품을 검색한 쿠키 등을 저장했다가 다시 보여주어 고객을 재방문 시키는 타깃광고에서 파생된 광고이다. 그러므로 모든 사업은 검색광고를 기본으로 하여야 한다.

: 검색광고 효율 높이는 법

검색광고는 CPC(클릭당과금)의 광고이다. 사용자가 광고문구를 확인 후 클릭하는 것이다. 효율을 높이려면 광고문구와 홈페이지 내용이 일치해야 하는 것이 매출 전환율을 높이는데 핵심이라고 할 수 있겠다.

예를 들어 광고 문구는 태국여행인데 클릭 후 홈페이지를 방문

하면 종합 여행홈페이지가 뜨게 된다면 이탈률이 높아진다. 반드시 태국여행이라고 광고 문구가 있으면 클릭 후 이동하는 홈페이지 내용도 태국여행에 대한 내용이 있어야 매출 전환율을 높일 수 있는 것이다.

CPC 광고 시 고객이 클릭 후 홈페이지로 이동한 후 50% 정도는 3초도 안 되어 홈페이지를 닫는 다는 것을 알아야 한다. 자신이 원하는 내용이 아니었던 것이다.

그러므로 검색광고 시는 반드시 클릭 후 고객이 생각했던 내용이 뜨도록 해야 하는 것이 핵심이다.

동영상광고는 자사의 사업을 동영상으로 제작하여 올려서 광고효과를 얻는 방식이다.

분양딜러를 예를 들어 설명하자면 분양정보나 부동산정보등을 동영상을 제작하여 지속적으로 유튜브나 네이버TV에 올려놓으면 좋다. 시간이 지날수록 구독자수도 늘어날 뿐만 아니라 조회수도 올라가서 마케팅에 엄청난 도움이 될 것이다.

이때 동영상을 단발성으로 올리지 말고 기간을 두고 지속적으로 올리는 것이 중요한데 네티즌들은 올려 진 동영상을 보고 과거에 올린 동영상까지도 다 찾아서 보기 때문에 과거 동영상들도 조회수가 덩달아 올라가는 효과가 있다.

한번 제작된 동영상은 공유하기를 통해 페이스북이나 트위터, 밴드, 카페 등에 같이 올릴 수가 있으므로 힘들더라도 동영상 제작을 주기적으로 하는 것이 좋다. 또 동영상 내에 카카오톡 플러스 친구를 등록하도록 유도하여 고객확보를 지속적으로 해나가야 한다.

: 네이버TV

네이버TV 같은 경우 유튜브와 같이 비슷한 구조로 되어 있다. 채널별로 구분도 되어 있고, 구독도 할 수 있고 공유도 할 수 있다.

일단 네이버TV에 동영상이 올라가면 네이버 키워드 검색 시 검색이 되는 장점이 있다. 그러므로 네이버TV에 동영상을 지속적으로 올려 구독자 수를 늘린다면 네이버 키워드 검색 시 노출빈도가 높게 되어 공짜로 광고를 하게 되는 것이다.

: 유튜브

앱 분석서비스 와이즈앱에 따르면 모바일 동영상 앱 중 유튜브의 점유율은 85%를 차지했고, 아프리카TV가 3.3%, 네이버TV가 2%를 차지했다.

유튜브는 압도적인 동영상 점유율을 차지하므로 동영상을 제작하면 필수적으로 올려야 할 곳이 유튜브이다. 유튜브는 구독자 수도 획기적으로 늘릴 수가 있어서 그만큼 조회수도 증가하여 매출에 지대한 영향을 미칠 것이다. 그만큼 잠재고객이 많아 정말 동영상으로 대박을 터트릴 수 있는 곳이 유튜브인 것이다.

뉴스도 알고 보면 광고다.

　필자도 네이버, 다음 뉴스를 돈 주고 올린다. 뉴스뿐만 아니라 사람이 접하는 모든 매체는 사실 광고가 다 접목이 되어 있다고 보면 된다.

뉴스는 뉴스의 특성 상 소비자들이 신뢰하고 보는 경향이 있다. 그러므로 광고효과도 뛰어난 것이다. 보통 네이버, 다음에 뉴스 형태로 보도자료를 송출하는데 뉴스 전문 광고대행사인 뉴스캐스트에 의하면 네이버, 다음을 포함한 국내 주요언론사에 뉴스 기사 형태로 광고성 보도자료가 나가는데 1건당 120만 원 정도한다. 물론 인터넷 판에 한해서이다. 이와 같이 뉴스도 광고비만 지불하면 얼마든지 광고성뉴스를 내보낼 수 있다.

뉴스광고로 효과를 볼 수 있는 업종은 브랜드가 있는 아이템이다. 브랜드홍보를 하기에 뉴스가 안성맞춤이기 때문이다. 예를 들어 신규 화장품 **를 출시했다고 하면 이 화장품에 대해 광고성으로 뉴스기사를 얼마든지 내보낼 수 있는 것이다. 게다가 현직기자가 기사를 써 줄 경우는 얼마를 더 지불하면 된다.

필자도 뉴스광고를 자주 이용하는데 광고비 대비 효과로 따지면 키워드광고 효과 이상이다. 그만큼 뉴스광고도 치열한데 여기서 상위에 올리는 싸움도 대단하다. 뉴스광고를 올렸는데 경쟁사가 바로 뉴스광고를 올리면 마지막에 올린 뉴스가 상위로 올라가기 때문에 경쟁사간 위치경쟁이 치열한 것이다.

이렇다보니 너무 치열한 업종은 네이버에서 제재를 많이 가하기도 하고 뉴스광고 불가 업종으로 정해져서 뉴스광고가 더 이상 송출이 불가하기도 하다.

하지만 대부분의 업종은 뉴스광고가 허용되고 있으니 안심해도 된다.

　　모바일 앱 광고는 앱을 만들어야 하기 때문에 진입장벽이 있어 상대적으로 경쟁이 치열하지 않은 분야이다. 그렇기 때문에 효과가 좋다고 할 수 있는데 한 업체가 여러 개의 앱을 만들어서 올릴 수도 있기 때문에 앱을 만들어서 효과를 볼 수 있는 업종이라면 권장한다.

　　예를 들어 분양광고 앱이나, 금리비교 앱, 중고차 가격 비교, 여행상품 비교, 지하철택배 등의 업종들은 앱을 만든다면 충분히 효과를 볼 수 있을 것이다. 최근에는 이삿짐 가격비교 앱, 퀵서비스 앱 등도 상당한 주문건수를 달성하고 있다고 한다.

앱도 초기에는 유료광고를 통해 순위를 높이는 작업을 하여야 하는데 스토어 안에서 키워드별로 광고비를 지불하면 상위에 광고영역에 올려준다. 상위광고영역에 올라가면 우선 노출이 되어 다운로드수가 급증하게 되는데 어느 정도 순위까지 올라가기 전까지는 이와 같은 유료광고를 진행하여 자리를 잡아야 한다.

　　네이버 같은 경우 원스토어에 앱을 올릴 경우 네이버 검색결과에 노출되어 다운로드가 가능하므로 원스토어도 소홀히 할 수 없다.

구글 플레이스토어 뿐만 아니라 아이폰 앱스토어도 점유율 30% 가량을 차지하므로 반드시 올려야 한다. 단 아이폰의 경우 앱 제작방식이 달라서 아이폰에 맞게 새롭게 앱을 제작하여야 한다. 대신 그만큼 경쟁자는 많지 않기 때문에 효과가 좋다.

페이스북 광고

페이스북 광고는 대표적인 리타깃팅 광고라고 할 수 있는데 페이스북을 방문한 고객들의 정보를 읽어 들여서 이 고객의 위치, 연령, 성별, 최근 관심사를 파악한 다음 광고를 노출 시키는 것이다.

페이스북 광고를 진행하려면 먼저 픽셀이라는 전환추적코드를 홈페이지에 삽입하여 고객을 추적해 나가야 한다. 그래서 고객이 다시 재방문하도록 유도하여 매출 전환을 일으키는 방식이다.

페이스북 광고로 효과를 보려면 개인 계정을 키워서 이걸 광고해야 광고비를 뽑을 만큼의 효과를 볼 수 있다. 어차피 개인 계정을 키우는데도 광고비가 들어가는 단계이다.

페이스북 광고는 팔로워 10만 이상 되는 인기계정에 게시물을 올리고 홍보하면 거의 다 노출이 되므로 광고효과가 좋다. 즉 페이지가 아닌 페이스북 계정에 게시물을 올려놓고 홍보해야 효과가 극대화 되는 것이다.

카페 마케팅의 네이버카페, 다음카페, 티스토리 등의 카페를 개설하여 회원을 모집하는 가장 기본적인 회원제 마케팅 방식이다. 카페에 정보를 많이 올리면서 회원을 확보해 나가는 방식으로 운영하고 자연스러운 광고노출을 통해 매출을 올리는 방식이다.

예를 들어 자동차튜닝 카페의 경우 운영자가 자동차 튜닝점 대표일 것인데 자동차 튜닝에 대해 정보들을 계속 올려놓고 질문, 답변을 받아가면서 서로 정보교환을 해 나가는 방식이다. 이렇게 소통과 교류를 하다보면 자연스럽게 구매로까지 이어지게 된다.

카페 개설 후 초기에는 회원도 없고 활성화도 안 되어있으므로 아무래도 유료광고를 통해 모집을 해야 한다. 카페가 어느 정도 성장을 하게 되면 단계가 올라가서 네이버,다음에서도 카페 노출을 많이 시켜준다. 그러면 가속도가 붙어 회원도 많이 늘어나고 매출도 늘어나는 방식으로 성장하게 되는 것이다.

이런 회원제 방식으로 크게 성공한 사업은 증권정보제공업을 예로 들 수 있는데 요새는 증권정보제공업을 거의 카페로 할 정도로 이 업종에 잘 맞는 방식이다.

모 증권정보제공회사는 카페 회원 10만 명 정도로 백억 원 넘는 수익을 거두기도 했다는 뉴스기사를 본 적이 있는데 그 정도로 카페 마케팅이 먹혔던 것이다.

　여기 소개된 창업 아이템 중 산삼판매업 같은 경우 실제 산삼의 효능을 입증해야 하고, 신뢰가 있어야 하므로 카페로 산삼에 관심 있는 회원을 모집해서 지속적으로 판매를 해 나가면 성공할 것이다. 이와 같이 단순 판매 목적보다는 신뢰를 쌓아가며 효과를 보면서 판매를 해야 하는 업종이 잘 먹히는 것이다.

블로그 마케팅은 블로그에 글을 올려 소비자들이 블로그 글을 읽고 구매하도록 하는 방식의 마케팅이다.

요새는 최적화 블로그가 아니면 거의 노출이 안 되므로 최적화 블로그를 가진 사람에게 글 내용을 주고 올려달라고 한다든지, 최적화 블로그를 구매해서 계속 글을 올린다든지 해야 한다.

크몽 같은 재능판매 사이트에 가보면 최적화 블로그에 건당 얼마씩 받고 글을 올려주는 경우가 있는데 이런 곳을 활용해볼 만하다.

또 한 가지 방법은 최적화 블로그를 가진 사람들에게 코드를 발급해서 해당 블로그에 올린 게시글을 고객이 읽고 매출이 일어났을 때 광고비를 정산해 주는 방식이 있다. 실제로는 이런 방식이 대량으로 블로그 마케팅 하는 방식으로 자리 잡고 있다.

다른 방법은 블로거에게 게시글을 주고 한 달 동안 게시글이 네이버 상에 상위노출(1~3위) 되는 조건으로 돈을 지불하는 방식이 있다. 블로거들은 이 방식을 더 선호한다.

네이버 파워컨텐츠

　　네이버 파워컨텐츠는 한마디로 유료 블로그라고 보면 된다. 네이버 측에서는 블로그는 무료 영역이라 수입이 안 되므로 블로그 영역을 유료화 시킨 것이 파워컨텐츠인 것이다.

파워컨텐츠 광고를 하려면 블로그를 네이버광고에 등록해 놓고 글을 올리면 된다.

올린 글은 심의를 거쳐 노출이 되는 방식이다.

파워컨텐츠 광고는 CPC광고(클릭당과금) 형태인데, 검색광고와 비슷하다고 보면 된다. 실제 운영도 검색광고와 같이 운영된다. 파워컨텐츠 광고의 성패는 글의 내용을 얼마나 잘 써서 매출까지 이어지게 하느냐에 달려있는데 소비자는 글의 내용을 읽고 구매 결정을 하게 되는 것이다.

　　파워컨텐츠는 글의 내용 중에 배너나 링크를 달 수 있어서 고객이 클릭 후 홈페이지로 이동하여 바로 구매로 이어지게 할 수 있다. 그러므로 글의 내용을 클릭으로 이어지게끔 하여 홈페이지로 방문율을 높이는 것이 중요한 관건이다.

청소대행업

사무실 청소, 아파트 준공청소, 아파트 입주청소+새집증후군 제거 사업

청소사업에 대해 이런 게 무슨 사업이냐 라고 하는 사람도 있겠지만 인터넷신문기사를 보면 청소사업 3년 만에 아파트 2채를 장만했다는 사례도 있다.

청소업 같은 일이 3D 업종 중 하나이다 보니 기피해서 다들 청소 따위 안 하려고 해서 생긴 블루오션 사업이라고 할 수 있겠다. 하지만 최근에는 청소라고 해서 대충 쓸고, 닦고 하는 일이 아니라 전문적인 청소장비를 가지고 전문가처럼 청소를 하는 추세로 바뀌고 있다. 청소장비에는 계단청소기, 배관 청소기, 마루 광택기, 고압세척기, 잔수 처리기, 바닥 자동세척기 등 청소 종류에 따라 청소기 종류도 굉장히 많다. 그만큼 청소 분야도 과학이 발달되어 관련 장비들도 속속 출시되고 있는 상황이다.

이런 청소 장비들은 다 구매하려면 몇 천만 원까지도 비용이 소요되므로 청소사업을 하려는 분야를 정해서 장비를 구비해 놓는 것이 좋은데 초기에는 렌탈로 사용하는 것이 좋다.

청소비용은 아파트 입주나 이사, 거주하는 집 청소, 사무실 청소 등에 따라 차이가 있는데 살고 있는 집은 아무래도 짐들이 많다 보니 비용은 1.5배 정도를 더 청구할 수 있다.

: 청소 항목

거실: 바닥, 몰딩, 조명, 유리창 시트지, 조명, 붙박이장, 스티커,
　　　벽지

방: 벽면, 조명, 바닥, 때, 스티커, 낙서 등

주방: 싱크대, 조명, 후드, 찌든 때

현관: 문, 바닥, 신발장, 주면

욕실, 화장실 : 타일, 조명, 욕조, 세면대, 배수구

베란다: 창문, 타일, 바닥 등

: 청소 비용

아파트 입주, 이사	거주청소	새집증후군제거
20평 이하 : 20만원 (인원 2명) 25평 : 25만원 (인원 2명) 30평 : 30만원 (인원 2명) 35평 : 35만원 (인원 3명) 40평 : 40만원 (인원 3명)	20평 이하 : 30만원 (인원 2명) 25평 : 38만원 (인원 2명) 30평 : 45만원 (인원 3명) 35평 : 53만원 (인원 3명) 40평 : 60만원 (인원 3명)	20평 이하 : 50만원 (인원 2명) 25평 : 62만원 (인원 3명) 30평 : 75만원 (인원 3명) 35평 : 87만원 (인원 4명)

　위의 청소비용은 시장에서 통용되는 평균적인 청소 단가이
다. 덧붙여서 새집증후군 제거 비용을 넣은 이유는 더 많은 마
진을 남기기 위해서는 새집증후군이나 라돈 제거, 미세먼지 제
거, 필터 교체 등 한 단계 위의 서비스를 추가함으로써 부가가
치를 높일 수 있기 때문이다.

물론 이와 같은 서비스는 기존 청소업체들은 하고 있지 않다.

하지만 이런 프리미엄 서비스들은 기존 청소비용보다 평당 2-3배 정도는 더 받을 수 있다.

보통 청소비용이 평당 1만 원을 받는다고 보면 새집증후군 제거 비용은 평당 25000원가량을 받을 수 있기 때문에 마진이 좋다. 어차피 청소 의뢰를 받는 것도 광고비가 1회 들어가므로 기왕 광고비를 지불하고 청소를 할 바에야 이런 부가서비스들은 추가함으로써 광고비도 뽑고, 추가 이윤도 가져갈 수 있을 것이다.

: 새집증후군 제거

　새집증후군의 주범은 신축 건축자재에서 나오는 포름알데히드, 시멘트 독, VOC 등의 독성물질 때문이다. 2004년 미국 환경 보호국에 따르면 신축 아파트의 새집증후군 피해는 '하루에 담배 2갑씩 피우는 효과'와 맞먹는다고 한다. 과거에는 인식하지 못했던 새집증후군이 부각되는 이유는 각종 통계자료 때문이다. 세종시와 같은 신축 위주의 신도시의 경우 성조숙증 환자수가 전국 1위를 차지하면서 새집증후군이 인체에 굉장히 유해하다는 결론에 도달한 것이다. 요새는 각종 측정기기의 발달이 공기질의 측정이 쉬워지면서 실제적인 측정이 가능해지면서 더욱 인체 유해요소로 부각되기 시작한 것이다.

　실제 리모델링하거나 신축 아파트의 경우 공기질을 측정해보면 대부분 측정불가 수준이 나온다. 그나마 새집증후군 제거 작업을 하였을 경우 측정 가능 상태로 호전되기는 하나 100% 제거는 사실상 어려운 상황이다. 그나마 새집증후군 제거 수준의 헤파필터를 장착한 공기청정기를 몇 대씩 가동시켰을 때 공기질 측정 수준이 인체 무해할 정도까지 떨어진다.

: 새집증후군 물질 제거방식

약품 등을 이용하여 원인물질을 분해하는 방식

원인물질의 발산을 촉진하여 소진시키는 방식

원인 바이러스를 제거하는 방식

오존산화 시공방식

코팅방식으로 원인물질의 발산을 막는 방식

: 새집 증후군 제거 후 공기질 측정

새집 증후군을 제거 후 공기질을 측정하여 고객에게 보여 주는 것은 필수라 하겠다.

그래야 고객도 안심하고 생활을 할 수 있을 것이다.

이와 같이 청소업을 하면서 새집증후군 제거 기술까지 배워서 부가적인 수익창출까지 노려 볼 수 있겠다. 오히려 부가수익이 주 수입이 될 수도 있을 것이다.

어차피 모든 사업이라는 것이 경쟁력 싸움이다. 광고비 대비 마진율이라고 해도 과언이 아니다. 청소업이든 새집증후군 제거 사업이든 마케팅 비용은 들어갈 수밖에 없다. 그렇다면 경쟁업체를 어떻게 따돌릴 것인가? 어차피 1건 수주당 광고비는 비슷하게 들어간다. 그렇다면 1건 수주당 이익을 많이 남기는 방식을 택해야 할 것이다. 그러려면 1명의 고객을 상대로 더 많은 이익을 남겨야 하는데 그건 추가적인 서비스를 통해 더 많은 이익을 창출해 낼 수 있다. 청소사업도 이젠 각종 유튜브나 신문기사에 블루오션 사업이라고 글들이 올라오는 걸 보면 조만간 너무 많이 뛰어들어 과당경쟁으로 인한 레드오션 사업으로 접어들 것이다.

그중에 살아남으려면 추가적인 아이템을 접목시킨다면 가능하리라 본다. 예를 들면 보험 같은 경우도 고객 1명에게 1개의 보험만을 팔면 역마진이지만 추가 계약을 이끌어 내는 방식으로 이익을 남기는 상황이다. 이렇게 하면 레드오션 상황이 오더라도 살아남을 수가 있다.

광고대행 수수료 10~15%를 받을 수 있는 온라인 전문 광고 중개업

인터넷 사업이 좋은 점은 재택이 가능한 무자본 사업이라는 점이다. 필자도 인터넷 사업을 처음 시도했을 때는 집에서 재택으로 시작했다. 프로그래머 고용할 돈이 없어서 직접 프로그래밍을 배워서 창업했다. 프로그래밍이 어렵다고 생각할 수 있으나 하고자 한다면 한 달이면 마스터가 가능하다. 필자도 HTML도 모르는 상황에서 책 사다가 3주 만에 마스터했다. 디자인, 코딩도 마음만 먹으면 누구나 한 달이면 마스터가 가능하다. 물론 좋은 퀄리티가 나오려면 더 많은 노력을 해야 할 것이다.

인터넷 광고대행업과 같이 '인터넷으로 밥 먹고 산다'로 진로를 결정했으면 반드시 프로그래밍으로 배우라고 권하고 싶다. 왜냐하면 이것도 경쟁력이기 때문에 프로그래밍 능력이 있으면 10배의 돈을 더 벌 수 있기 때문이다. 필자로부터 영향을 받아서 프로그래밍을 뒤늦게 배운 몇몇은 지금 한 달에 5천만 원 이상의 순이익을 벌어가고 있다. 마케팅과 프로그래밍의 절묘한 조합은 10배의 가치를 창출할 수가 있기 때문이다.

예를 들어 키워드 광고 대행을 한다고 하면 경쟁자는 키워드 입찰 프로그램을 구매해서 한다든지 직접 막일로 한다든지 하겠지만, 요새는 네이버 등도 API 방식으로 소스 오픈을 해주고 있기 때문에 프로그램으로 연동만 시킨다면 컴퓨터가 알아서 키

워드 광고를 진행해 준다.

능력 있는 키워드 전문가 10명~100명을 쉬는 날도 없이 주당 168시간씩 쉬는 시간도 없이 고용하는 것과 같은 효과를 낼 수 있기 때문이다. 또 인건비는 한 푼도 안 쥐도 불평 없이 일을 할 것이다.

인터넷 광고대행의 마진율은 언론사와 같이 배너, 텍스트 광고는 20%, 네이버 키워드 광고는 15%, 다음 키워드 광고는 17%, 구글 광고는 5% 등과 같다. 이건 정식 광고대행사의 경우이고 광고대행사 밑에서 광고 대대행을 하는 경우는 여기서 몇% 정도를 떼고 받는다. 정식 광고대행사가 되려면 일정 규모 이상의 광고물량이 있어야 하고, 네이버, 다음 같은 경우는 심사도 거쳐야 하므로 정식 광고대행사가 되기가 까다롭다. 물론 소규모 매체 같은 경우는 소규모 광고대행사라고 하더라도 정식 광고대행사 정도의 대우를 해준다.

광고대행사를 오래 하려면 해당 광고가 효과가 있어야 광고주들이 지속적으로 재연장 결제를 한다. 대표적인 것이 네이버, 다음 키워드 광고이다 네이버, 다음 키워드 광고는 타깃팅 광고이므로 효과가 100% 있다. '네이버, 다음 키워드 광고에서 실패하면 실패다'라는 말이 있을 정도로 광고주가 네이버 키워드 광고로 손실을 봤다면 다른 광고를 해봐야 승산이 없다고 봐야 한다. 그러므로 네이버라는 광고매체는 갑의 위치에 설 수밖에 없다. 인터넷 광고업계의 갑이라고는 하지만 그 이상의 효과가 있기 때문에 단가는 비싸지만 오히려 광고비가 절감된다고 할 수 있겠다.

　인터넷 광고대행 사업은 사무실이 없어도 된다. 실제로 광고
대행사에서 독립해서 소규모로 재택근무 형태로 진행하는 광고
대대행사들이 꽤 많다. 필자가 거래하는 광고대행사의 우리 담
당도 독립해서 재택으로 회사를 차렸다고 연락이 올 정도였다.
그만큼 월급 받는 것보다 광고 대대 행사 차려서 제대로 된 광
고주 몇 군데만 클라이언트로 모셔 와도 월급보다 훨씬 낫기 때
문이다.
예를 들어 네이버 광고비 한 달에 5천만 원 쓰는 광고주를 두 군
데만 섭외해서 운영해도 한 달에 1천만 원 이상은 벌 수 있기 때
문이다. 그래서 광고 담당자들이 클라이언트들과 친해지면 광
고주를 데리고 나와서 독립을 하는 것이다. 또 추가로 몇 군데
더 확장도 가능하므로 실력만 된다면 확장성 또한 뛰어나다. 월
몇 천만 원도 벌 수 있다는 얘기다.
필자도 프리랜서 개인 광고대행사들 네다섯 군데에 물량을 주
고 있는데 우리 쪽에서만 벌어가는 돈이 1~2천만 원 이상이 되
는 곳도 있다. 대신 실력도 뛰어나다. 다른 광고매체보다도 더
많은 이익을 남겨 주기 때문에 우리는 이곳과 계속 거래를 할
수밖에 없다. 서로가 좋은 거래인 것이다.

그런데 광고라는 게 키워드 광고만 있는 것이 아니고 페이스
북 타깃팅 광고, 카카오스토리 광고, 앱 푸시광고, 구글 광고,
DDN, GDN 등 인터넷 광고라는 것이 수도 없이 많다. 그런데

주의 깊게 보면 각 광고대행사마다 주력으로 구사하는 기술이 틀리기 때문에 모든 광고 분야에서 실력을 발휘하는 광고대행사는 보지 못한 것 같다.

앱 광고를 하는 대행사에서 키워드 광고를 권유하는 경우는 거의 보지 못했으며, CPA 광고를 하는 곳에서 페이스북 광고를 권유하는 곳도 보지 못했다. 그만큼 인터넷 광고라는 것이 전문화되었기 때문일 것이다. 주력으로 하지 않고는 경쟁에서 밀리는 것 같다.

일단 인터넷 광고대행사를 무자본 창업하겠다고 마음먹었으면 광고대행사에 들어가서 1년이라도 공부를 한 다음 커리어를 쌓는 것이 중요하다. 광고대행사 일은 굉장히 업무량이 많기 때문에 배우는 것도 많다. 거기서 1년 이상만 배워도 어느 정도 광고대행 업무를 할 수 있을 것이다.

광고대행사는 종류가 여러 곳인데 실제 소득 수준을 보면 키워드 광고대행사가 소득 수준이 제일 높다. 그만큼 성공 확률도 높다고 하겠다. 어차피 하는 일은 힘들기는 마찬가지라서 가능하면 제일 돈의 회전이 많은 곳에서 노는 것이 좋다. 필자의 회사도 광고의 80% 이상은 키워드 광고로 집행하고 있다. 그만큼 효과가 확실하다.

광고대행사에서 경력을 쌓았으면 아는 광고주들도 많을 것이다. 무작정 독립하기 전에 고객을 확보해 두는 것도 중요하기 때문에 광고주들하고 미리 친분을 쌓아 두는 것도 중요하다. 독립적으로 광고대행사를 차렸을 경우 광고주 확보는 홈페이지로 해야 하는데 홈페이지 하나쯤은 만들어놔야 한다. 홈페이지로 광고주를 모집하고 늘려나간다면 얼마 안 가서 광고대행사로 자리를 잡을 수 있을 것이다.

사업 첫날부터 현금이 들어오는 전단지 배포 대행업

전단지 배포 대행업은 제목만 봐도 어떤 사업인지 감이 잡힐 것이다. 점포로부터 전단지를 배포하겠다는 오더를 받고 만장이면 만장의 전단지를 해당 지역에 배포하는 방식이다.

배포 방식은 여러 가지가 있으며 아파트, 빌라, 오피스텔, 주택, 차량 등 사람이 거주하는 곳에 배포하는 방식이 있고, 지나가는 행인에게 일일이 나눠주는 배포 방식이 있으며 해당 제품의 타깃을 정해서 배포하는 방식도 있으며 야간시간 배포, 새벽시간 배포, 점심시간에 맞춰 배포하는 방식 등 광고주가 원하는 각가지 방식대로 배포를 해 주면 된다.

이 사업의 가장 큰 핵심은 오더를 어떻게 받느냐 일 것이다. 전단지 배포는 사업의 특성상 지역위주의 사업이 될 수밖에 없다. 그러므로 홈페이지 등 인터넷 위주의 광고 방식보다는 지역광고 방식으로 오더를 받아야 한다. 지역 벼룩신문 등과 같은 매체가 좋겠다. 물론 홈페이지도 만들어서 지역광고 위주로 한다면 효과가 좋겠다.

중견 전단지 배포 회사 같은 경우는 서울 각 지역별로 지사를 두어서 서울 전체 광고로 들어오는 오더를 배분해 주는 방식으로 운영하기도 한다. 아니면 각 지역 전단지 배포 회사와 연계하여 오더를 주고받기도 해서 죽는 오더가 없도록 살려야 한다.

: 전단지 배포 사업의 진행

1. 오더 창출 : 지역신문이나 홈페이지 등으로 오더를 받음.

2. 방문 및 전단지 내용 확인 : 방문하여 전단지 내용을 전달 받음.

3. 디자인 및 인쇄 : 내용에 따라 디자인을 하고 인쇄소에 맡겨 인쇄를 함.

4. 배포 및 보고 : 해당 지역에 전단지를 배포하고 배포 결과를 통보함.

: 전단지 배포 사업의 장점

-무자본으로 사업이 가능하다. 사무실도 필요 없고, 집기도 필요 없다. 오더가 들어오면 디자인은 외주로 넘겨서 승인받고 인쇄소에 인쇄를 맡기면 전단지가 나오므로 별도의 사무공간이 필요한 건 아니다.

-배포 비용은 선불로 받으므로 사업과 동시에 현금이 들어온다. 전단지 배포는 건 바이 건으로 즉시 진행되는 사업이므로 돈을 한 달 후에 수금하거나 하는 일이 없다. 오더와 동시에 현금이 들어온다.

-확장성이 있다. 보통 전단지 배포 사업을 하다 보면 다른 지역에서도 오더가 들어오는 경우가 많은데 이럴 경우 지점을 분사해서 그 지역을 지점이 관리하게 해서 사업을 확장시켜 나갈 수 있다. 지점이 많아지면 인터넷 광고 등을 통해 대량의 오더를 받아 지점별로 배분하는 시스템으로 가게 되면 하나의 사업체가 돼서 많은 돈을 벌 수 있다.

: 전단지 배포 수익

-전단지 배포는 기본 4천 장부터 시작한다. 배포 당 단가는 보통 60원을 보면 된다. 1만 장의 전단지 배포 오더가 왔을 경우 배포 비용은 60만 원 정도를 받을 수 있다. 배포 인건비가 30만 원 정도 든다고 하면 30만 원의 이익을 가져갈 수 있다. 물론 여기서 광고비나 기타 경비를 빼면 실제 수익은 이것보다는 적다. 또 여기에 디자인 비용과 인쇄비용은 별도 이므로 여기서도 일부 마진을 남길 수 있다.

: 전단지 배포 운영 노하우

-전단지 배포를 의뢰하는 업체 중 단발성이 아닌 주기적으로 전단지 배포를 하는 업체가 있다. 이런 업체들 위주로 잘 관리를 하면 별도의 마케팅 비용이 들지 않고도 꾸준히 오더를 받을 수 있으므로 장기적으로 사업이 성장하는 발판이 된다. 단발적인 오더 위주로 받게 되면 마케팅비를 감당하지 못해 남는 게 하나도 없을 수 있다.

가판대/샵인 샵 임대 중개업

가판대, 샵인 샵 매장, 자판기 공간 임대를 중계하는 사업

타이틀과 같이 샵인 샵 개념으로 일정 공간을 임대 놓을 사람과 임차해서 장사할 사람을 연결하는 비즈니스이다. 장사 업계에 보면 깔세나 샵인 샵 형태로 큰 비용 안 들이고 장사를 하고 싶어 하는 사람은 꽤 많다. 하지만 이런 공간을 구하기가 여간 쉽지가 않다. 관련 정보도 없을 뿐더러 부동산에서도 이런 물건들은 돈이 안 되므로 취급을 안 한다.

이런 형태들은 간혹 부동산 카페 게시판이나 중고나라 게시판 같은데 간혹 올라오곤 하는데 이런 정보들만 전문적으로 취급을 하고 제공할 수 있다면 괜찮은 호응을 얻을 수 있을 것이다. 어떻게 보면 이 사업은 에어비앤비와 같은 공유사업 모델인데 해외에서는 사무실 공유 개념도 꽤 확산이 되어 성업하고 있다. 최근 자영업도 최저임금 제등 원가부담이 가중되어 사업하기가 힘들므로 한쪽 공간을 분할해서 월 비용을 받고 운영한다면 부가적인 수익을 얻을 수 있을 것이다.

이렇게 샵인 샵 개념의 상점들을 간혹 볼 수가 있는데 필자의 동네 같은 경우 문구점 안에 핸드폰 판매 대리점이 샵인 샵 개념으로 들어와 있는 것을 본 적이 있다. 원래는 핸드폰 대리점이 옆에 상가건물에 있었으나 판매가 저조한 지 월세 부담 때문에 문구점 안에 월 비용을 내고 샵인 샵 형태로 들어와 있는

걸 본 적이 있다.

또 애들 블록방 같은 경우 한쪽 공간에 네일아트 매장이 작게 들어와 있는 경우도 있었는데 애들을 데리고 블록방에 와서 애 엄마들은 그다지 할 일이 없으므로 남는 시간에 네일아트를 받는 개념이었다. 또 어떤 상가의 경우는 음료자판기, 스마트폰 사진인화자판기 등을 샵인 샵 개념으로 월 10~30만 원 정도를 받고 공간을 임대해 주기도 한다.

이와 같이 아직까지는 샵인 샵 매장을 전문적으로 중계해 주는 서비스가 없다 보니 모두 개별적으로 영업을 해서 들어가야 한다. 업체들 입장에서도 시간도 많이 걸리고 일일이 설득하는 작업도 필요해서 비효율적이라고 할 수 있겠다.

: 수익모델

　이 사업의 수익모델은 임대인, 임차인 양쪽에서 월 10%정도의 비용을 받을 수 있다. 월 임대료가 50만 원이라고 하면 양쪽에서 5만 원씩을 받으므로 월 10만 원의 이익이 발생하는 것이다. 이런 방식으로 임대 매장 수를 늘려 나간다면 100군데만 연결이 되어도 월 1천만 원의 수익이 발생하는 것이다. 또 부분 임대가 아닌 깔세와 같이 전체면적 임대인 경우는 월세가 2~300만 원도 가능하며 번화가의 팝업스토어 같은 경우는 월세가 1천만 원도 넘는 곳이 있으므로 큰 건들이 고객으로 들어온다면 그 수익은 엄청날 것이다.

: 사업의 진행

　　이 사업에 선행되어야 할 것은 샵인 샵 매장을 임대 내놓을 사람들을 계속 발굴해 나가는 것이다. 샵인 샵 매장에 들어올 사람들은 많으므로 주된 업무는 매장을 확보하는 일일 것이다. 사업이 성공 가능성이 보인다면 앱이나 홈페이지를 만들어 전문적으로 홍보를 해 나간다면 큰 사업으로 성장을 할 수도 있겠다.

컴퓨터 출장 수리업

사무실 없이 출장 위주의 컴퓨터 출장 방문 수리업

얼마 전 자동차 전문 커뮤니티 보배드림에는 36살에 컴퓨터 수리기사로 일하고 있는 남성 A 씨가 고급 외제차 벤츠 E 클래스를 구매했다는 사연이 올라온 적이 있다. 월 수입은 500만 원~1천만 원 정도를 번다고 한다. 비결은 단순 컴퓨터 수리뿐만 아니라 데이터 복구, 네트워크 설치까지 공부를 하여 파생적인 수익을 창출했던 것이다.

집에 컴퓨터가 있는 남자라면 어느 정도 컴퓨터가 고장 났을 때 기본적인 수리 정도는 할 수 있을 것이다. 전원이 안 켜진다든지, 모니터가 안 켜진다든지, 부팅이 안 된다든지, 하드 인식을 못한다든지 등을 아마도 경험해 보았을 것이다. 사실 컴퓨터 고장의 90%는 뻔한데 메인보드가 나갔다든지, 파워가 고장 났다든지, 메모리를 뺐다가 다시 끼우면 된다든지 하는 그다지 고난도는 아니다. 정 못 고치면 다 갈면 된다.

아마도 컴퓨터 출장 수리업은 컴퓨터 하드웨어 쪽에 어느 정도 지식이 있고 이런 일을 좋아하는 사람이라면 빠르게 창업을 할 수 있을 것이다. 그렇지 않은 경우도 용산전자상가라든지 전문 하드웨어 수리 업체에 취업을 1-2년 정도만 해도 배우는 데는 어렵지 않을 것이다. 이런 곳에서는 전문 장비를 보유하고 있기 때문에 고장 난 부위도 금방 찾아낼 수 있을 것이다.

보배드림에 올라와 있는 A가 하는 네트워크 설치 같은 건 사실 어려운 작업이 아니다. 필자 같은 경우도 학교 다닐 때 친구들한테 하루 정도 배우니까 금방 실전에 써먹을 수 있었다. 컴퓨터를 네트워크화 시키려면 허브 같은 걸 설치하고 랜선으로 각 PC를 연결하여 인터넷도 사용하고 컴퓨터끼리도 연결하는 비교적 난도가 높지 않은 작업들이다.

하지만 일반인들이 보기에는 굉장히 고난도 기술을 구사하는 전문가처럼 위대해 보인다. 그래서 많은 돈을 선뜻 지불하는 것이다. 마치 죽어가는 생명을 살리는 의사와 같은 위대한 사람처럼 보인다. 그러므로 컴퓨터 수리업은 의사처럼 대우도 받고 돈도 벌고 꽤 괜찮은 직업 같다. 어떤 직업은 하루 종일 고객한테 욕먹으면서 돈을 벌어야 하는데 다른 직업에 비해서 업무에 대한 의미도 있고 만족도도 꽤 높은 직업이다.

필자는 여기에 덧붙이고 싶은 것이 있는데 추가적인 영업이다. 기왕 인연을 쌓은 김에 고객에게도 도움이 되고 컴퓨터와도 관련성이 있어 영업에 부담이 없는 아이템들을 추가하고자 한다. 컴퓨터, 인터넷과 연관성이 있는 영업 아이템이 몇 가지 있는데 초고속 인터넷 교체, 인터넷전화, 인터넷 TV, 회사인 경우 법인 폰 교체 등등이 있을 것이다.

이런 자연스러운 영업이 성공할 가능성이 있는 이유는 웅진코웨이의 성공사례가 있기 때문이다. 웅진코웨이 같은 경우 정수기 판매의 절반 이상이 정기적으로 정수기 관리를 해 주는 정수기 코디네이터들이다. 이런 결과는 약간 의외였는데 그 이유가 있었다. 자연스러운 접점이 있었기 때문에 영업이 쉬웠던 것이다. 고객은 이것이 영업 인지도 모르고 새 제품을 구매하는 것이다. 하지만 코디네이터들은 본사로부터 철저한 교육을 받고 영업을 한 것이다.

예를 들어 직수형 정수기가 나왔을 때 코디네이터들은 고객을 만나 정수기 청소를 하면서 자연스럽게 '요새 새로운 트렌드는 직수형 정수기인데 수조 안에서 물이 머무르는 시간을 최소화하여 물의 세균 감염도 막아줘서 좋다'라는 홍보를 하는 것이다. 게다가 만기가 좀 남기는 했는데 이벤트 기간 동안 교체를 하면 위약금도 없다는 말까지 덧붙인다면 거의 대부분은 새 제품으로 구매를 할 것이다.

컴퓨터 수리업도 이와 같은 성공모델을 활용하기 나름인데 회선이 구형이면 무료로 초고속 100메가 라인으로 교체해 주게 되면 10~20만 원의 수익이 발생하며, 가정인 경우 초고속 인터넷+tv를 교체할 경우 현금 50만 원을 지급해도 수당으로 수익 40만 원 가량이 남게 된다. 또 회사인 경우는 법인 폰을 교체해 주고 수당 몇 십만 원을 받을 수 있으며, 프린터에 사용하는 잉크나 토너 등을 재생토너로 주기적으로 교체해 주면서 부가수익을 노려볼 수 있다.

이런 방식으로 파생되는 부가수익까지 얻을 수 있게 되는데 월 1천만 원 수익은 충분히 거둘 수 있을 것이다.

이 비즈니스는 광고주가 텔레마케팅 업체일 때 필요한 방식으로 텔레마케팅에 필요한 DB(고객 데이터베이스) 거래를 중계해 주는 비즈니스이다. DB라고 하니 불법적인 요소가 있는 것처럼 보이지만 전혀 그렇지 않다. 고객정보를 파는 것이 아니고 홈페이지를 통해 상담 신청을 대신 받아 주는 것이다.

인터넷 비즈니스가 고도화되다 보니 광고 효율에 대한 정확한 측정이 필요한데 광고 효율의 측정방식은 보통 CPC(클릭당 지급), CPA(신청당 지급), CPS(매출 발생의 %를 지급)로 나뉜다. 네이버 같은 경우는 클릭 당 과금이므로 CPC 방식을 택하고 있다. 링크프라이스와 같은 제휴 마케팅 사이트들은 CPA, CPS 방식을 택하고 있다.

보통 텔레마케팅 사이트들은 상담을 할 고객이 필요하므로 이와 같은 CPA방식을 선호한다. 상담 고객 당 계약 전환율이라는 것이 일정하기 때문에 어떻게 보면 확실한 매출을 올릴 수 있는 방식이기 때문이다. 국내 텔레마케팅 업종은 보험, 렌터카, 다이어트 식품, 건강식품, 제약, 렌탈 등 꽤 많다. 이와 같은 업체들은 네이버 광고도 하지만 마케팅 업체들과 제휴를 맺고 CPA 방식으로 상담 신청한 고객에 대한 대가를 지불한다. 제대로 운영되고 있는 텔레마케팅 업체들은 더 많은 상담 신청 고객을 원한다. 매출과 직결되기 때문에 많으면 많을수록 좋다. 하지만 실제로 보면 많은 마케팅 업체들과 제휴되어 있을 것 같은데 실제로는 극히 일부 마케팅 업체들과만 제휴가 되어 운영되고 있다.

반면 마케팅을 제대로 하고 있는 업체들은 의외로 많은 광고주들과 거래를 하고 있지는 않다는 사실을 발견했다. 결국 여기에도 틈새시장이 있는데 이런 마케터들과 광고주들을 수작업으로 연결하는 비즈니스가 필요하다. 보통 중계수수료는 광고 수수료의 3%~5% 사이를 받으면 된다. 금액이 적은 것 같지만 실제로는 억대가 넘어가는 경우도 있으므로 결코 적은 금액이 아니다. 억대 급 광고주를 몇 군데만 조인시켜도 중간 마진은 천만 원대가 넘어가므로 괜찮은 수익모델이 아닐 수 없다. 게다가 중계수수료는 1회성으로 지급되는 것이 아니라 매달 지급되는 것이므로 이런 계약 건들이 늘어간다면 수익은 기하급수적으로 늘어날 것이다.

이 사업의 순서는 마케터를 먼저 섭외해야 할 것 같지만 그와 반대로 제대로 된 광고주를 먼저 섭외해야 한다. 제대로 된 광고주는 광고비를 충분히 쓸 여력이 있기 때문에 광고에 대해 관대한 편이다. 어느 정도 수준 이상만 되는 마케팅 회사면 OK다. 여력이 안 되는 광고주들은 광고 효율을 거의 맞추기가 힘든 경우가 많다. 그렇다면 광고를 지속하기가 힘들다.

그러므로 이사업은 제대로 된 광고주들을 먼저 발굴하는 것이 우선이고 여기에 마케터들을 붙여 나가는 방식으로 진행하면 성공할 것이다. 광고주들은 가능하면 그 시장을 장악하고 있는 1, 2위 업체들로 섭외를 하면 된다. 업계 1, 2위 정도를 할 업체라면 전환율도 꽤 좋아서 좀 질이 떨어지는 DB를 가지고도 좋은 효율을 낸다.

처음엔 이 시장에 진입하기가 상당히 어렵겠지만 광고대행사에서 1-2년 근무하다 보면 광고주들도 많이 접하고 마케터들도 많이 접하게 된다. 하지만 이런 방식을 생각하고 있는 사람은 많지 않은데 실제로 하고 있는 중계업자들은 꽤 많은 수익을 가져간다. 어떻게 보면 네이버 광고대행사보다도 이 사업이 더 좋은 면도 있다.

VJ특공대에 야간 출장세차 사업으로 월 2억 원의 매출을 올리는 윤영순, 박정미 부부가 운영하는 '돌쇠 출장세차'가 방영된 적이 있는데 처음엔 월 2천만 원을 월 2억으로 잘못 표기한 줄 알았다. 월 2천만 원 매출도 원가가 없으므로 작은 매출도 아닌데 출장세차로 월 2억을 번다는 것이 말이 안 된다고 생각했다.

하지만 계산을 해 보니 사실이었다. 돌쇠 출장세차가 한 달에 관리하는 차량이 3천 대이고 1대 당 월 4회 세차로 7만 원씩 받으니 월 매출이 2억 1천만 원 정도가 되는 것이다. 물론 직원들이 어느 정도 있으니 차량 3천대를 세차할 수 있다는 건 사실인 것 같다.

영업방식도 독특한데, 일단 주차되어 있는 아무 차나 무료로 세차를 해 준다. 고압의 스팀이 나오는 장비를 가지고 하면 채 5분도 걸리지 않아 차가 깨끗해진다. 그리고 자필로 쓴 편지를 차에 꽂아놓는데 월 7만 원 정도에 4회 세차를 해 준다는 내용일 것이다. 이렇게 10대 정도를 무료로 세차를 해주면 2대 정도가 주문이 들어온다는 것이다. 전단지 등으로 광고를 하는 것도 아니라 그냥 아무 차나 공짜로 세차를 해주고 지속 여부를 묻는 마케팅 방식인 것이다. 일종의 체험 마케팅인데 세차에 이런 방식을 쓰니 꽤 괜찮아 보인다.

사실 세차업이나 청소업 같은 일들은 예전에는 3D업종으로 분류해서 사람들이 잘 안 하려고 했던 사업이다. 그렇다 보니 이런 시장들이 블루오션으로 남아 소수의 아는 사람들만 사업을 해서 대박이 난 케이스라고 할 수 있겠다. 특히 주간도 아니고 야간에 방문해서 세차 일을 한다는 것이 여간 힘든 일이 아닐 수 없다.

출장세차업이 각광을 받기 시작하면서 스팀세차를 주로 하는 세차업체들이 생겨났고, 프랜차이즈 개념까지 생겨나서 홈쇼핑 방영을 통해 고객을 확보하기까지 한다. 그만큼 출장세차 업종이 할 만한 업종인 것 같다. 또 사무실이나 점포 없이 거의 무자본으로 시작할 수 있는 장점도 가지고 있다. 무자본 창업이라고는 하지만 최소한의 장비는 구비를 해야 하고, 거기까지 갈 다마스 같은 차량은 있어야 할 것이다. 그러므로 최소한의 자본금은 구비가 되어 있어야 할 것이다.

요새는 출장세차 프랜차이즈들도 많이 생겨나고, 고객 확보까지 도와주므로 어렵지 않게 시작할 수 있을 것이다. 처음부터 아예 맨땅에 헤딩하는 것보다는 최초에는 돈이 들더라도 프랜차이즈에 가맹점 형태로 들어가는 것이 좋을 것이다. 각종 장비라든지 고객을 확보하는 방식이라든지 배워야 할 것이기 때문이다.

: 세차비용

1회당 비용 : 소형-20,000원 ┃ 중형 25,000원 ┃ 대형, SUV
        30,000원

월비용(월 4회) : 소형-55,000원 ┃ 중형 60,000원 ┃ 대형,
        SUV 70,000원

    평균적인 세차비용 구성은 이런 형태로 책정이 되어 있다. 가능하면 월 관리 형태로 가면 계속 영업을 안 하더라도 월 고정적인 수익이 나와서 안정적으로 운영이 될 것이다. 또 자리가 잡히면 혼자서 다 못하므로 야간 아르바이트 한두 명 정도를 두고 운영하면서 고객 확보를 지속해 나간다면 월 1천만 원 이상의 수익은 거둘 수 있을 것으로 보인다.

블로거 체험단 모집으로 광고주로부터 중계 수익을 얻을 수 있는 아이템이다. 자사의 상품 홍보를 위한 광고주를 섭외하여 파워블로거들과 연결을 해 주는 비즈니스이다. 언뜻 보면 무슨 돈이 되겠냐 싶겠지만 이 방식으로 한 달 1억 원 이상의 수익을 올리는 중계업체도 본 적이 있을 정도로 굉장한 확장성을 자랑한다.

광고업체 한 군데를 섭외하여 파워블로거 500명에게 홍보 의뢰를 하고 1만 원씩만 받는다 해도 500만 원의 수익금이 남는 구조이다. 한 달에 30군데의 계약을 체결하면 실제로 1억 5천만 원이 남을 수도 있다. 이 사업은 파워블로거들을 많이 섭외하고 있어야 하는 것이 핵심이다. 파워블로거 단계는 네이버, 다음에서 검증되고 하루 방문자만 몇 천 명 이상이 되는 블로거들을 말한다. 이런 블로그에 글이 올라가면 수많은 사람들이 글을 읽기 때문에 광고효과가 엄청나기 때문에 광고업체들이 파워블로그 광고를 선호하는 것이다.

또 파워블로거들한테는 각종 샘플들이나 소정의 광고비가 지급되므로 파워블로거들도 광고주를 통한 광고를 게재하고 수익을 얻길 원한다. 이런 관계들 때문에 이 시장이 형성된다고 보면 된다. 아래는 파워블로그 모집과 광고에 대한 한 예이다.

· 체험단 모집인원 : 10명

· 제공사항 : 세라 미스 스킨 대용량 토너 500ml 2종 세트

          (4만 원 상당)

· 진행방법 :

선정되신 체험단 분들에게 제품 발송(2018-09-27 발송 예정)

10월 5일까지 사용 후기 포스팅 완료하여 담당자에게 URL 전달

· 모집 대상 : 뷰티 관련 블로거 / 일 방문자 1000명 이상

이와 같은 형태로 포스팅 의뢰가 들어오며 포스팅 완료 시 업체로부터 수수료를 받게 되는 방식이다. 프로그래밍 지식이 있다면 이와 같은 파워블로거들을 체계적으로 관리하고 정산해 주는 프로그램을 개발하면 업무효율은 훨씬 좋아질 것이다. 실제로 국내 파워블로거들은 몇 만 명 이상이 되기 때문에 이들을 체계적으로 관리하고 정산해 주는 것이 쉬운 일이 아니기 때문에 사업이 커져서 업체들도 많아지고, 파워블로거들도 많아진다면 체계적인 관리는 필수다.

블로거 체험단을 통해 효과를 보는 업종들이 많은데 최근 많은 리뷰가 올라오는 업종을 보면 화장품, 성형, 다이어트 등 뷰티 분야가 많은 편이고 맛집 등도 지역별로 꽤 성과를 내고 있다. 책 같은 경우 서평단 모집 같은 걸로 책 홍보도 많이 이루어지고 있다. 광고주 입장에서 이런 효과들은 배너광고나 키워드 광고보다 상대적으로 저렴한 비용에 큰 파급효과를 볼 수 있기

때문에 많이 선호하는 편이다. 블로그나 SNS 등은 입소문 마케팅이라고도 할 수 있으므로 광고 시 제품에 대한 상세한 설명이 덧붙여 있고 리뷰도 포함이 되어 있으므로 단순 배너광고에 비해 많은 정보를 가지고 제품을 접하게 된다. 그래서 구매율 또한 단순 광고보다 높다고 하겠다.

: 사업 진행 방식

블로거 체험단 사업은 양방향 사업이므로 광고주와 파워블로거를 동시에 모아야 한다.

블로거 체험단 모집 광고와 광고주 모집 광고를 동시에 내야 하는데 블로그 체험단 모집 광고의 예시는 아래와 같다.

· 30만 원에 체험단 리뷰해드립니다 | 그 몽

-파워블로거/리뷰/체험단/모집 대행 마케팅 국내 랭킹 1위, 30만 건 완료

· 블로그 체험단 히 애드 컴퍼니 | 바이럴 마케팅

-4주년 맞이 블로그 체험단 할인 진행 중, 꼼꼼한 관리, 신뢰 가는 마케팅! 전화상담 GO

· 소문나라 블로그 체험단

-2018. 5. 9. - 5월 시엘 백팩 체험단 5명 모집합니다. 신청하실... 이 글을 자신의 블로그나 카페, 혹은 SNS로 스크랩하기!...

수익형 프로 블로거가 될 수 있습니다.

　　이와 같은 방법으로 체험단 모집광고와 광고주 모집광고를 동시에 1년 365일 내는 것이다. 초반에는 아무래도 광고비가 어느 정도 들 것이다. 필자의 경우는 아이디어를 좀 냈는데 파워블로거가 파워블로거를 소개해 줬을 경우 하부 파워블로거가 올린 수익의 3%를 매월 별도로 입금해 주었다. 그렇게 하다 보니 파워블로거 섭외 전문 파워블로거가 생기게 되었는데 어떤 경우는 1명의 파워블로거가 300명 이상의 파워블로거를 모집해 오기도 했다.

나중에는 1만 명이 파워블로거들이 모여들기 시작해서 호황을 누렸던 기억이 나는데 이런 방식을 사업을 해 나가면서 중요한 팁이라고 할 수 있겠다. 이런 소개 방식의 마케팅은 다른 사업에도 적용을 할 수 있는데 바로 딜러 방식이다.

예를 들어 음식물 처리기 사업을 한다고 했을 때 혼자서 마케팅이 힘들므로 딜러 모집을 통해 마케팅을 해 나감으로써 많은 판매를 이룰 수 있다. 이런 딜러를 통한 마케팅 방식은 실제로 굉장히 광범위하게 쓰이고 있으므로 사업을 할 때 참조하면 되겠다.

-기획부터 개발까지 혼자 뚝딱... 2주 만에 만든 "숨바꼭질 앱",
 한 달 반 만에 수익 5000만 원 번 30대 1인 개발자

-트렌드 헌터 운영자는 명언&명사들 / 독서클럽이라는 2개의
 앱을 올려 겨우 5만 다운로드를 달성했는데 한 달 광고 수익이
 1천만 원 이상 된다고..

　　위와 같이 가끔씩 모바일 앱을 개발하여 대박을 친 사례들이
뉴스 기사에 올라오곤 하는데 실제로 이런 사례들은 굉장히 흔
하다. 우리나라에서 앱 개발자들이 스토어에 올려 얼마를 버는
지가 구체적인 통계가 나와 있지 않은데, 미국에서는 앱스토어
랭킹 1908위인 앱도 연간 10만 달러를 벌어들인다.
심지어 랭킹이 3175위 안에만 들어도 연간 5만 4천 달러 정도를
벌어들여 중산층 정도의 생활을 한다고 한다. 실제로는 앱 개발
자들이 1개의 앱만 제작하는 것이 아니라 다수의 앱을 제작하여
꾸준히 스토어에 올리므로 그중에 대박이 날 가능성은 더 높아
진다. 완전 대박이 아니더라도 매월 꾸준히 광고 수익이 들어오
는 셈이다.

이와 같이 앱 개발이 유튜버들보다 수익이 되는 이유는 어느 정도 진입장벽이 있기 때문이다. 유튜버 같은 경우는 프로그램 개발적인 실력이 없어도 누구나 창작해서 올릴 수 있으므로 경쟁이 치열하다. 유튜브로 돈을 벌려고 하는 사람이 많아서 경쟁이 정말 치열한 것이다. 그렇게 되면 수요와 공급의 법칙에 의해서 공급이 너무 많아지면 그만큼 돈 벌기는 힘들어지는 것이다.

하지만 앱 개발자 들은 그리 많지 않다. 앱 개발이라는 것이 어려운 분야가 아님에도 불구하고 실제 앱 개발자들은 많지 않다. 그만큼 공급이 적어지므로 경쟁은 치열하지 않은 것이다. 유튜버 하고 앱 개발자를 비유하자면 치킨 집과 치과의원 정도의 수준으로 보면 되겠다.

치킨집은 유튜버와 같이 공급이 많은 것을 비유한 것이고, 치과의원은 앱 개발자와 같이 공급이 적은 것을 비유한 것이다.

　필자가 권유하는 것은 앱 개발을 직접 배워서 앱을 올리는 것인데, 어차피 인터넷이나 모바일 쪽으로 사업을 하겠다고 마음먹었다면 프로그램 언어 1, 2개 정도는 마스터를 권유한다. 그렇지 않고는 성공할 확률이 굉장히 떨어진다. 프로그램 개발이라는 것이 최초 기획대로 서비스되는 경우는 거의 없고, 중간 중간에 수많은 시행착오를 거쳐 가면서, 고객의 반응을 봐 가면서 즉각적이고 지속적으로 수정을 해 나가야 된다.

그러므로 외부에 제작을 맡겨서는 성공하기가 힘든 것이다. 또 프로그램 제작비도 절약할 수 있기 때문에 본인이 직접 앱 개발을 배워서 하길 권유한다.

앱 개발이라는 것이 그렇게 어려운 것도 아니므로 1-2달 정도 집중적으로 공부한다면 간단한 게임을 개발할 정도의 실력은 갖출 수가 있다.

: 앱 개발 수익모델
1. 앱에 광고를 붙여 광고 수익 창출
2. 유료결제
3 부분 유료결제(프리미엄 결제)

　앱을 통해 수익을 올릴 수 있는 방법은 위와 같다. 요새 추세는 유료결제 모델보다는 다운로드 수를 최대한 끌어올려서 광고수익을 얻는 방식을 권유하고 싶다. 실제로 앱으로 수익이 나는 분야는 과거에는 유료결제가 많았으나 최근에는 광고수익이 유료결제 수익을 앞질렀다는 통계가 있다.
그리고 부분 유료결제(프리미엄 결제)도 가파르게 증가하고 있는데 앱은 무료로 사용하되 각종 아이템이나 특정 서비스는 유료로 이용하는 방식이다. 부분 유료화가 가능하다면 이 방식도 충분히 고려해 볼 수 있겠다.

　이와 같은 앱 개발을 해서 스토어에 올리는 사업은 사업자 없이도 가능하고 완전 무자본 창업이라고 볼 수 있다. 집에 컴퓨터 한 대만 있으면 제작이 가능하므로 비용이 거의 들지 않는다.

성인용품 도매딜러

성인용품을 도매가로 성인용품점, 성인용품 웹사이트에 납품

성인용품 도매 딜러는 소매점보다 더 많은 수익을 올릴 수도 있는데 사업방식이 소매업과는 완전히 다르다. 소매업은 광고를 통해 고객을 계속 발굴해 나가야 하고 판매도 1-2개씩 하므로 손도 많이 가고 자본금도 많이 들고 재고 부담도 크다.

하지만 도매업은 소매업과는 완전히 사업방식부터가 다른데, 도매업의 방식은 지속적인 거래처 발굴이다. 한 번 납품하기 시작하면 그 소매점은 지속적으로 오더를 내릴 가능성이 크므로 납품을 하는 소매점의 숫자가 도매 딜러의 수익일 것이다.

보통 총판에서는 도매점이나 딜러에게 카탈로그 나 홍보를 할 수 있는 웹사이트를 분양해 준다. 또 영업하는 방식까지 알려 준다. 딜러업이 처음에는 힘들겠지만 거래처가 100군데 이상 생기면 거래처 관리하기도 힘들 정도로 주문이 많다.

또 소매점의 주문은 1-2건씩 주문이 들어오는 것이 아니라 한 번에 몇 십 개~100개 정도씩 한꺼번에 주문이 들어오므로 소매판매와 같이 손이 많이 가지도 않는다. 하루 주문건수 10건 정도만 돼도 300개, 500개가 팔리는 것이다. 보통 도매마진이 30% 선이므로 소매 판매점보다 훨씬 괜찮은 사업이다.

: 거래처 발굴

거래처를 발굴하기 전에 도매공급 홈페이지를 먼저 만들어서 이 홈페이지를 소매점에 알리면 된다. 도매 주문도 여기서 하게끔 하면 된다.

온라인 거래처는 국내 온라인에서 운영하는 몇 백 개 되는 사이트 운영자에게 이메일, 문자, 전화를 통해서 거래를 확보한다.

오프라인 거래처는 전화나 직접 방문 등을 통하여 거래를 터야 한다.

: 수익모델

성인용품의 소매 마진율은 50%~80% 선을 보면 된다.

도매 마진율은 30% 선을 보면 된다.

성인용품 시장은 소매나 도매나 마진율이 좋아서 해볼 만한 사업이다.

성인용품 소매점들은 고정으로 거래하는 도매점이 몇 군데씩은 있을 것이다. 하지만 국내 아무리 큰 도매점이라고 해도 전 세계 모든 제품을 취급할 수는 없다. 미국 샌프란시스코 등지에서 유행하는 섹시 란제리라든지 일본 오사카 등지에서 유행하는 러브돌이라든지 정말 성인용품은 끝이 없을 정도로 많다. 그러므로 새로운 트렌드에 맞게 생산업체들을 섭외해서 딜러(도매) 영업을 한다면 성공할 것이다.

또 딜러로 시작하면 자본금이 당장은 필요가 없다. 물건이야 주문이 들어오면 본사에서 떼어다가 납품하면 된다. 나중에 돈을 벌게 되면 그때 가서 물건을 사입해 놓고 바로바로 팔면 된다.

휴대폰 재택 판매 대리점을 하려면 우선은 휴대폰 매장에서 어느 정도 업무를 숙지한 다음에 진행을 해야 한다. 휴대폰 개통이라는 것이 간단해 보여도 번호이동, 기변 등 복잡한 문제들이 많기 때문이다. 본사 대리점에서는 휴대폰 공급만 해 주기 때문에 실제적인 개통은 판매 대리점에서 해야 한다.

휴대폰으로 큰돈을 벌려면 2가지 방법이 있다.
하나는 판매 대리점을 운영하면서 인터넷으로 박리다매 형태로 무조건 많이 파는 형태가 있고, 또 한 가지는 직영 대리점을 직접 운영하여 통화 수수료 7% 정도를 60개월 동안 받는 방식이 있다.
인터넷으로 많이 팔려면 뽐뿌 같은데 올려서 박리다매로 많이 판매하는 방식이 있는데 보조금 같은 걸 초과 지급했다가 영업 정지당하는 수가 있기 때문에 직영 대리점보다 판매 대리점을 우선 개설해서 팔아 보는 것이 좋을 것이다.

인터넷으로 판매 대리점을 개설하여 휴대폰을 많이 팔아 보는 것은 나중에 휴대폰 사업을 하는데 많은 도움이 될 것이다. 밑바닥부터 배우고 올라오는 격이라고 할 수 있겠다. 휴대폰 사업 중 매장 없이 인터넷으로 대량으로 판매한다는 건 나중에 알고 보면 휴대폰 사업 중 가장 힘든 일이었다는 걸 알게 될 것이다. 그만큼 중요한 경험이기도 하다. 물론 마케팅 능력자 중에는 휴대폰 인터넷 개통만으로 큰돈을 번 사람도 많다.

: 휴대폰 판매 대리점 마진율
핸드폰 판매 마진율은 평균 20~40만 원 정도
인기가 좋은 기종은 20만 원 정도로 마진이 적고, 잘 안 나가는 기종은 마진율이 40만 원대 이상으로 좋다고 보면 된다.

: 휴대폰 직영 대리점 마진율
　휴대폰 판매 대리점의 단계를 지나 직영 대리점을 하게 되면 본격적으로 힘 안 들이고 돈을 버는 단계에 들어설 것이다. 피라미드 단계에서 한 단계 위로 올라온 것이라고 봐도 무방하다. 이동 통신 대리점 사업은 아무래도 판매 대리점보다는 직영 대리점이 수익이 좋을 수밖에 없는 이유는 핸드폰 판매 후 관리수수료를 7~10% 가량을 60개월 동안 받기 때문이다.
2018년 KT의 경우 관리수수료 요율을 4.15~8.15%인데 요금이 월 3만 원 미만일 때는 4.15%, 3만 원 이상~4만 5천 원 미만은 6.15%, 4만 5천 원 이상~7만 원 미만은 7.15%, 7만 원 이상은 8.15%를 대리점에게 준다.
SK텔레콤의 경우 요금이 5만 원 미만일 때는 6.5%, 5만 원 이상~7만 원 미만은 7.5%, 7만 원 이상은 8.5%를 관리수수료로 지급한다.
LGU+ 는 요금에 상관없이 7%로 관리수수료를 지급한다.

여기에 추가적인 수수료도 기대해 볼 수 있는데 고가 요금제인 경우 1~2%를 별도의 인센티브로 지급하기도 한다.

즉 대리점에서 관리하는 판매 대리점에서 고객 한 명을 유치하면 그 가입자가 해지를 하지 않는 한 4~5년 동안 관리 수수료를 받을 수 있다. 예를 들어 자신의 대리점에서 5만 명의 고객을 유치하고, 고객 1명 당 평균 3만 5,000원의 요금을 지불한다고 가정하면 대리점은 매달 1억~1억 5,000만 원의 관리수수료를 받게 되는 셈이다.

그러므로 직영 대리점에서는 하부에 수많은 판매 대리점들을 유치하려고 하는 것이다.
판매 대리점을 10군데만 유치를 해서 한 군데 당 하루 1-2대만 개통을 한다고 해도 하루 10~20개 개통이 이루어지고 한 달이면 200대~400대의 개통이 이루어지는 셈이라서 쌓이는 통화 수수료 수익만 해도 엄청나게 되는 것이다.

얼마 전에 YG엔터테인먼트에서 골프장 부킹사이트 엑스골프를 315억 원에 인수했다는 기사가 난 적이 있는데 엑스골프가 우리나라 골프 부킹 1위 사이트이다.

한정된 인구에 골프장들이 너무 많이 생겨나게 되면서 우리나라 골프장들이 회원제에서 퍼블릭 골프장 형태로 전환이 많이 이루어지게 되었다. 그러는 과정에 퍼블릭 골프장들의 부킹을 전문적으로 도와주는 골프장 부킹 전문 사이트들이 생겨나 남는 타임을 메워 주고 있다. 마치 남는 항공권을 항공권 예약 업체들이 채워 주는 형태와 비슷하다고 보면 된다.

사실 골프 부킹 대행을 하면서 큰돈을 벌기는 힘들다. 보통 한 타임 부킹을 해 주는데 15,000원~20,000원 정도를 받기 때문에 한 시간 단위로 부킹을 이어 준다고 해도 하루 10건 이상을 하기 힘들기 때문에 시간적인 한계가 있다. 이 사업은 그냥 집에서 부업으로 한다고 생각해야 할 것이다. 또 한여름이나 겨울엔 골프장 부킹이 없기 때문에 전업으로 하기는 더더욱 힘들다.

부킹 중계를 하는 매니저들은 회원들 관리가 필수인데 카페로 운영하는 경우도 있고, 네이버 밴드나 카카오톡 등의 SNS

등을 통해 회원들을 관리하는 경우가 많다. 골프 부킹은 철저히 단골고객 관리로 이어지기 때문에 회원들의 재구매가 필수이다.

골프 부킹을 본격적으로 사업으로 운영하는 경우도 꽤 있는데 위와 같은 방식으로 고객을 계속 확보하면서 직원이 늘어나면서 사업으로 이어진다고 보면 된다.

: 사업의 진행

처음부터 골프장과 직접 연계해서 타임을 잡아오기는 사실 힘들기 때문에 골프 부킹 대형 업체 밑에서 활동해야 한다. 이런 곳을 에이전시라고 하는데 골프장에서 주는 마진에서 일부 수수료만 떼고 주기 때문에 수수료도 괜찮다. 그래서 에이전시 밑에서 딜러 형태로 일하면 된다.

그리고 에이전시는 한 군데만 거래하지 말고 복수로 3군데 정도를 거래하는 것이 좋다. 에이전시 한 군데가 국내 전체 골프장과 거래를 하는 것이 아니므로 고객이 찾는 골프장이 에이전시에 없는 경우 다른 에이전시에 문의를 해서 부킹을 맞춰줘야 고객의 신뢰를 얻게 된다. 고객에게 여기 한 군데만 부킹 의뢰하면 전국 모든 골프장이 가능하다는 인식을 심어 줘야 다른 곳을 안 알아보고 이곳과만 거래를 하게 되는 것이다.

: 고객 확보

에이전시 밑에서 일하게 되면 일정 고객을 넘겨 주는 경우도 있다. 성수기 때는 부킹 문의 건수가 폭주해서 처리가 힘들므로 매니저들에게 나눠 주는 경우가 많다. 하지만 여기에만 의존하면 안 되고 자신만의 커뮤니티를 만들어야 한다. 카카오톡으로 묶어 놓는다든지 밴드로 활동하게 한다든지 카페 같은걸 만들어서 관리한다든지 해야 한다.

부킹사이트의 특성상 한 번 고객은 지속적으로 한 군데에 부킹 의뢰를 하는 경우가 많다. 그러므로 고객은 계속 쌓여 간다는 느낌으로 사업을 하면 된다. 그렇게 하면서 신규로 고객을 계속 발굴해 나가는 방식으로 하면 된다.

: 확장성

골프를 많이 치는 고객들은 해외 골프여행도 원하는 경우가 많다. 특히 한여름이나 겨울과 같은 때는 한국에서 골프를 치기 힘들므로 기후가 적정한 해외로 골프를 치러 나가는 경우가 많다. 그러므로 골프여행을 전문으로 하는 여행사와 조인을 해서 골프여행을 부업으로 하면 좋다. 골프 부킹 매니저 일을 하다 보면 이런 여행사에서 먼저 연락이 오는 경우도 많다.

자본금 없이 억대 연봉도 가능한 출장요리업

#주부에서 억대 CEO로 변신! 강인숙 대표의 성공 스토리 타고
난 손맛과 노력으로 출장요리 대가로 우뚝 선 강인식 대표 5월
한 달 예약만 총 30건, 월 매출 평균 3천만~4천만 원 집들이부
터 개업식까지, 다양한 행사 음식 만들어 온 진정한 요리 장인
<SBS 김현욱의 굿모닝>

위의 성공담은 SBS 김현욱의 굿모닝 방송에 나온 내용이다.
출장뷔페보다 출장요리가 장점이 많은데 가격과 즉시성에서 출
장요리가 인기가 있는 것 같다. 출장뷔페는 보통 뷔페 매장에서
출장 코너를 하나 더 두고 운영하는 경우가 많아서 사업이라는
느낌이 드는 반면 출장요리는 왠지 전문 업체가 마진을 많이 남
기고 하는 업이 아니라 요리 실력 있는 아마추어들이 좋은 재료
를 가지고 한다는 인식이 있는 듯하다.
출장요리의 방식을 보면 주로 요리를 잘하는 주부나 평일에 조
리 사일을 하는 여성분들이 주말에 부업 형태로 하는 경우가 많
아 큰 마진을 챙기지 않아 가격도 저렴한 편이다.

출장뷔페보다 출장요리가 고객 선호도가 높은 이유는 출장
뷔페에 대한 안 좋은 인식 때문이라고 본다. 과거에 경험상 출

장 뷔페를 시켜 보면 오래된 식재료에 맛도 그다지 없는 음식들이 생각나곤 하는데 이건 그동안 출장뷔페 업체들이 쌓아온 업이라고 본다. 이런 안 좋은 인식들이 쌓여서 출장요리를 더 선호하는 현상이 생겼으리라..

사실 출장뷔페와 출장요리의 사업방식은 똑같지만 시작이 틀리다. 출장뷔페는 사업가들이 시작한 방식이고 출장요리는 실제 요리사들이 삼삼오오 시작한 비즈니스이다.

: 출장요리사가 되려면

출장요리사가 되려면 일단 음식을 잘해야 하는 건 기본이다.

출장요리사는 반드시 자격증이 있어야 하는 것은 아니지만 공신력을 가지기 위해서는 자격증을 미리 따 두는 것이 좋다.

조리사 자격증은 요리학원을 3개월 정도 다니면 딸 수 있고, 출장요리사 과정은 30가지 이상의 전문 요리를 해야 하는 전문가 과정인데 3개월 정도를 더 공부하면 딸 수 있다. 3개월 과정의 학원비는 보통 50~60만 원 선이므로 투자하기 아깝지 않을 것이다.

: 출장요리 사업의 장점

-투잡이 가능하다 : 출장요리는 주말에 일이 바쁘므로 주중에 일을 하거나, 육아를 하고 주말에 출장요리업을 하는 것도 좋다.

-유지비, 고정비가 없다 : 사무실을 차려 놓거나 정직원을 두고

하는 일이 아니기 때문에 원가 부담이 거의 없다. 오더가 들어오면 그때 가서 재료를 사서 준비하면 된다.

: 비즈니스 모델
출장요리의 비용 책정은 재료비 X 2배 + 인건비 인당 10만 원으로 결정된다.

예를 들어 1만 원짜리 애들 생일잔치 50명이라고 했을 때 50만 원 + 요리사 3명 X 10만 원 = 80만 원 이런 식으로 비용이 정해진다. 여기서 순마진은 재료비의 50% 수준인 25만 원으로 보면 된다. 100인 이상의 큰 행사 위주로 출장요리 팀을 꾸려서 뛰는 팀은 한 달 1천만 원도 마진을 남기는 경우가 많다고 한다. 하지만 출장요리는 주말에 문의 건수가 많으므로 주중에는 생업에 종사하다가 주말에 시간을 내어 주당 2타임씩 부업으로 하는 경우가 더 많다.

: 마케팅
위의 강인숙 출장요리사의 경우 마케팅은 주로 입소문 마케팅으로 이어졌다. 애들 생일파티의 경우 고객이 알게 된 경로는 애들 엄마들끼리의 커뮤니티였다. 애들 엄마들끼리의 소개의 소개로 이어졌던 것이다. 이건 어느 정도 사업이 진행되었을 때의 마케팅 방식이고, 초기 마케팅은 아무래도 홈페이지 하나쯤은 있는 것이 좋겠다. 브랜드도 하나 임의로 정해서 출장 갈 때 유니폼 같은 것도 맞춘다면 좀 더 전문성이 있어서 좋을 것이다.

초기에 홈페이지 하나 정도를 외주 맡겨서 제작 후 블로그 광고대행사 등에 의뢰하는 등 초기 광고는 필요하다. 또 외식업을 전문으로 하는 앱 같은 곳에도 올려놓으면 된다.

1인 보험대리점

1인 재택으로 차릴 수 있는 보험대리점

2017년 기준 한국의 보험대리점 수는 4500개 정도가 된다. 보험대리점도 대형화되면서 그 숫자는 좀 줄어드는 추세이다. 하지만 보험대리점의 설계사 수는 매년 급증하고 있는데 이유는 보험시장의 예전의 전속 설계사 방식에서 모든 보험사의 상품을 취급하는 보험 GA방식으로 전환되기 때문이다. 또 보험사 입장에서는 자사의 전속조직이 보험대리점으로 이탈을 하기 때문에 우려하고 있으나 실제로 계산을 해보면 오히려 전속조직의 운영비가 더 든다는 것을 알 수 있다. 왜냐하면 보험대리점들은 사무실이나 관리인원 급여 등을 최소 비용으로 운영, 유지하게 때문에 대기업의 유지, 관리비용보다 적게 드는 것이다.

이와 같은 보험대리점 방식이 본격적으로 활성화된 것은 약 15년 정도가 되었는데 그 전에는 보험대리점의 개념조차 없었다고 보면 된다. 그 이전에는 보험설계사라고 하면 거의 대부분이 전속 설계사를 말하는 것이었다.

보험 원수사에서는 이런 보험대리점들을 운영하도록 지원을 하는데 사무실 임차료, 계약관리 수수료, 유지관리비용 등을 별도 수수료로 책정해서 지급하고 있다. 실제로 대리점에서는 보험사로부터 100%의 수수료를 지급받았을 경우 30% 정도를 운영비로 사용하고 나머지 70% 정도를 설계사 수수료로 지급하고 있는 사업구조를 가지고 있다. 대리점에서는 이 30%의 운영비용에서 마진을 남기는데 통상 5~10% 정도의 마진율을 가져간다고 보면 된다.

보험업은 보험설계사로 일할 수 있는 것과 몇몇이서 보험대리점 형태로 운영을 할 수 있는 방식으로 나뉜다. 통상적으로 보험설계사가 받는 수수료보다 보험대리점에서 받는 수수료가 1.6배가량이 많다. 그러므로 보험업을 하려면 무조건 보험대리점을 해야 큰돈을 벌 수가 있다. 하지만 보험대리점은 사무실 임차비용도 나가고 계약처리 사원들의 비용도 나간다. 그러므로 보험대리점을 하기에 망설여지는 것이다. 잘못하다간 큰 손해를 볼 수도 있기 때문이다.

하지만 몇 년 전부터 이러한 보험대리점의 단점을 보완한 1인 GA라는 판매방식이 생겨났다. 보험대리점 수준의 수수료를 받으면서 보험설계사 활동을 할 수 있는 것이다. 사무실 비용을 별도로 지불할 필요도 없고, 별도 계약관리 사원들을 고용할 필요도 없다. 업무는 보험설계사 업무인데 실제 대우는 보험대리점 대우를 받으므로 높은 수수료를 받을 수 있는 것이다.

1인 GA의 설립요건은 별도 사업자를 내지 않고도 가능하며 보험설계사 자격만 있으면 가능할 정도로 간편하다. 대신 1인 GA의 경우 보험대리점 조직과 같이 주변에서 도와주는 사람이 없으므로 모든 영업과 계약을 자기 혼자서 해내야 하는 단점이 있다.

그러나 장점도 많은데 재택으로도 가능하며 보험계약 건이 있을 경우에만 본사에 출근하여 계약 처리를 하면 된다. 전업이 아니라 부업으로 보험 판매업을 할 수 있다는 것이다.

1인 GA 설립을 도와주는 곳은 꽤 많은데 네이버에서 1인 GA로 검색만 해 봐도 많은 곳에서 1인 GA를 설립할 사람을 모집하고 있다. 단, 주의할 점은 1인 GA는 대리점은 아니다. 대리점에서 극히 일부의 대리점 수수료만을 떼고 지급하므로 대리점 수준의 수수료를 받는 것일 뿐이다.

: 대리점 설립요건

-법인대리점 : 3억 원 이내 영업 보증금, 1인 이상 보험 유자격자, 각 보험사별 보증보험

-개인대리점 : 1인 이상 보험 유자격자, 각 보험사별 보증보험

-1인 GA : 별도 사업자를 내는 것이 아니라서 요건은 없고 보험설계사 자격만 있으면 됨

SNS, 카페, 앱 등을 개설하여 분양정보를 제공하여 수수료를 얻는 방식

-계약 건당 약 500만~1000만 원의 성과급을 지급하는 곳도..

건물을 지어서 분양을 하여 고객이 입주하기 전까지 많은 부가가치가 창출이 되는데 이 과정은 굉장히 체계적으로 분리가 되어 움직이게 되는데 다음과 같은 과정을 거친다.

기획: 시행사 => 건설: 시공사 => 분양: 분양대행사(분양광고대행사 포함) => 고객 입주

여기서 설명하고자 하는 부분은 분양대행사이다. 분양대행사는 짓거나 지어진 건물을 종류에 따라 1~10% 정도의 수수료를 받고 일반 고객에게 분양을 하는 일을 한다. 5억짜리 상가를 8%의 수수료를 받고 분양한다고 하면 4천만 원의 수수료를 가져가는 것이다. 이처럼 분양대행사는 꽤 많은 매출이 일어나는 업종이다.

분양대행 딜러는 분양대행사에 속하여 프리랜서로 분양 업무를 대행하는 것을 말한다. 분양대행사는 빨리 분양을 마치기 위해서 수많은 분양 딜러들을 하부에 둔다. 분양 딜러들은 각종 현수막으로 광고를 한다든지, 명함을 돌린다든지, 전단지를 돌린다든지 하여 고객을 확보한다. 하지만 이런 광고 방식은 비

타깃팅 된 고전적인 방식으로 효과적이지 않다.

필자가 여기서 언급하고자 하는 분양광고 방식은 인터넷을 통해 고객을 확보하고 관리하는 마케팅 방식이다.

: 분양업무의 습득

분양대행업을 본격적으로 하려면 전문 학원을 2달 정도 다녀서 기본적인 지식을 습득하는 걸 권하고 싶다. 물론 책을 통하여 지식을 쌓을 수도 있겠지만 학원을 통하여 실전에 가까운 경험을 쌓는 것도 중요하다. 부동산 분양 전문가라는 민간 자격증도 있는데 따 두면 나쁘진 않을 것이다.

학원 등을 통하여 공부를 한다면 분양대행사 등에 취업을 하여 실전 감각을 익히고 프리랜서 개념으로 독립을 해서 수수료율을 높인다면 해볼 만한 사업이다. 나중에는 정식 분양대행사를 차려서 완전한 사업체로 운영할 수도 있으니 확장성 또한 좋다. 분양대행사로 성공하기 위해서는 가장 필수적인 요소가 분양에 대한 마케팅 방법이다. 그러므로 분양 딜러로 일하는 동안 이쪽 분야를 중심으로 배워 두는 것이 중요하다.

: 분양대행의 마케팅 방법

분양대행의 마케팅 방법은 신문광고, 유튜브, 문자, TM, DM, 현수막, 전단지, 블로그 광고, 홈페이지 광고, SNS 광고, 앱 광고 등 많은 분야가 있다. 그중에서 필자가 추천하는 광고 방식은 카페, SNS, 블로그, 앱 광고, 유튜브 광고 등 인터넷을 통한 마케팅이다. 인터넷 광고는 정확한 타깃 설정이 가능하므로 추천한다.

이 중에서도 자신이 가장 잘할 수 있는 광고 분야를 밀고 나가는 것이 중요한데 자신만의 채널을 만들어서 꾸준히 고객을 확보하는 방식이 되어야 한다.

-유튜브 채널을 개설하는 광고 방식

유튜브 광고라고 하면 유튜브 채널을 개설하여 부동산 정보나 분양정보, 투자정보를 꾸준히 올려서 구독자 수를 늘려 나가면 되겠다. 부동산, 분양 분야의 구독자 수는 몇 십만 명 이렇게 되지 않고, 몇 천 명 수준만 넘어도 성공이라고 할 수 있겠다. 몇 천 명이 분양에 관심이 있는 타깃 고객이기 때문에 이 정도면 충분하다. 유튜브의 구독자 중심의 마케팅 방법은 광고 수익을 얻는 방식이 아니기 때문에 많지 않은 구독자들 중에 한 두건만 터져도 몇 백만 원의 수익을 가져갈 수 있기 때문에 해볼 만하다.

-앱을 통한 고객 확보

분양전문 앱을 만들어서 다운로드 수를 계속 늘려나가는 방식이다. 분양에 관심 있는 사람들이 앱을 다운로드하여서 신청하는 경우도 많다. 그러므로 앱을 만들어서 스토어에 올려놓고 관련 정보를 지속적으로 업데이트하고 초기에는 유료광고도 진행한다면 어느 순간 정착할 수 있을 것이다. 분양광고대행사들이 앱을 통해 광고하는 건 많지 않기 때문에 일정 순위에 올라가는 건 다른 분야보다 어렵지는 않을 것이다. 일단 순위에 올라가면 그때부터는 다운로드 수는 자동으로 늘어나기 때문에 홍보가 저절로 된다.

-카페를 개설하여 고객 확보
분양정보, 부동산정보, 투자 정보 등의 카페를 개설하여 회원을 확보해 나가는 방식이다. 분양정보들을 꾸준히 업데이트시키면서 초반에는 유료광고를 일부 진행해야 순위가 올라간다.

-블로그를 통한 홍보
최적화 블로그가 있다면 좋겠지만 그렇지 않을 경우 건당 얼마씩을 내고 블로그에 게시글을 의뢰해도 된다. 최적화 블로그에 일단 글이 올라가야 노출이 되므로 최적화 블로거를 섭외하는 것이 필수인데 크몽 같은 곳에서 연결이 가능하다. 보통 월비용으로 얼마를 받고 키워드 당 순위 보장을 해 준다.

-SNS 광고
페이스북과 같은 곳에 분양, 투자 관련 정보들을 지속적으로 올려놓고 팔로워를 늘려 나가는 방식이다.

-카카오톡 광고
분양에 관심 있는 사람들을 지속적으로 모아 카카오톡으로 친구 등록을 해 놓고 좋은 분양 물건이 생길 때마다 정보를 알려주는 방식이다.

이와 같이 인터넷으로 돈 안 들이고 마케팅 하는 건 마음만 먹으면 얼마든지 할 수 있다. 단 최초에 자리 잡기 전까지는 유료 광고비가 좀 들어간다. 대신 자리를 잡게 되면 광고 없이도 굴러가므로 양질의 정보를 업데이트하고 회원관리를 해 나가는 것이 필수이다.

: 분양대행 수수료
매매가 대비 수수료율로 예를 들어 5억 원짜리 아파트의 경우 1%라고 한다면 아파트 한 채 당 500만 원이 분양대행 수수료인 것이다.
- 상가 : 7~8%(분양이 쉬운 것은 4% 선), 목표 달성 별도 인센티브 1% 정도 , 미분양 상가의 경우 수수료율은 더 올라감.
- 아파트, 오피스텔 : 1%~1.5%
- 콘도, 리조트 : 7%~10%

각 금융사의 대출정보를 조회하여 최저 이율로 대출 연결

<2018. 3월 금융위원회> 500만 원 이하 대출에 5%로 적용되던 대부중개 수수료율이 4%로 낮아진다. 500만 원 초과~1천만 원 이하에 4%, 1천만 원 초과에 3%로 적용되던 수수료율도 3%로 하향 조정된다.

대출업계에는 대부업체와 고객을 연결하는 대부중개업이라는 것이다. 대부중개업이 하는 일은 고객이 신용정보를 기준으로 여러 대출회사로부터 가장 저렴한 이율로 대출을 해 줄 수 있는 곳을 찾아 연결해 주는 것이다. 수수료를 고객에게 받는 건 불법이며, 대출회사로부터 3~4% 정도의 중계 수수료를 받는다.
대출회사 입장에서는 어차피 광고비나 업무처리비로 나갈 돈을 대부 중개회사에 주는 개념이라서 손해 볼 일은 없다.

대부 중개업체는 위탁사업자로 은행에서 대출을 받을 수 없는 신용등급을 가진 사람들을 대상으로 대출받을 수 있는 곳을 찾아 주는 것이 주 업무이다. 신용등급이 낮은 고객의 정보를 가지고 캐피털회사, 저축은행 등에 조회를 하여 대출 가능 여부를 알아내고, 가능하다면 가장 싼 이자를 제시하는 대출 업체에

고객을 연결해 주는 일을 하고 대출이 성사되면 대출 회사로부터 중개수수료를 받는다. 부동산 중개업과 비슷하다.

1인 대출중개업이란 대부중개업과 연결되어 있는 대출 딜러를 말한다. 대부중개업체는 이런 대출 딜러들을 다수 고용하여 운영되고 있는데 성사 시 대출회사로부터 받는 중계수수료에서 일부를 차감하고 지급한다. 수수료 지급도 원천징수액 3.3%만 떼고 지급되므로 1인 사업자라고 보면 된다.

대출 딜러들이 하는 가장 중요한 일은 대출을 받을 고객을 확보하는 일이다. 대출받을 고객을 무작정 확보하는 것보다는 대출금리 비교를 통하여 확보한다. 수십 개의 대출회사를 조회하여 가장 싼 이자를 제시하는 대출회사에 고객을 연결하는 것이다.

이렇게 고객을 확보하는 방식은 인터넷을 통하는 것이 효과적인데 기본적으로 홈페이지나 블로그 1개 정도는 운영을 해서 고객을 확보하여야 한다. 마케팅 방식은 위의 분양 딜러가 하는 방식과 거의 유사한 방법으로 고객을 확보하면 되겠다.

여기서 가장 중요한 건 싼 이자의 대출 회사를 찾아내는 일이기 때문에 대출금리 비교 개념으로 콘셉트를 잡아서 운영하여야 한다. 그러면 고객들은 금리를 비교해 보기 위해 의뢰를 할 것이고 이런 고객을 단골 고객으로 잡으면 된다.

또 대출을 한번 낸 사람은 대출 연장을 할 가능성이 높기 때문에 최초 신규 고객을 확보하면 만기시점에 대출 연장을 통하여 추가적인 수수료를 계속 받을 수 있다.

: 단골 고객 확보 팁
대출고객의 가장 큰 관심사는 금리이다. 금리와 직결되는 것은 개인의 신용등급이다. 그러므로 대출 딜러들은 신용등급을 올리는 방법을 잘 숙지하고 있고 고객에게 정보를 알려 주면 단골 고객이 되기 쉽다. 신용등급이 좋아서 금리가 1%만 싸져도 1억 원을 대출받을 시 매년 100만 원이나 절감할 수 있으므로 필수라고 하겠다. 신용등급을 올리는 방법은 아래와 같다.

· 신용등급 평가기준 : 부채 수준 35%, 연체정보 25%, 신용형태 25%, 거래기간 15%로 구성

: 신용등급 올리는 법
-대출을 제2금융권(캐피털, 상호저축은행)에서 받게 되면 신용등급이 내려간다.
-신용카드 현금서비스를 자주 받아도 신용등급에 안 좋다.
-대출 건수가 많아도 신용등급에는 안 좋다.
-연체의 경우 은행은 하루를 연체해도 신용등급에 영향이 있으며 카드사는 2-3일이다.
연체가 많은 경우 큰 금액보다는 오래된 연체부터 갚아야 한다.
-신용등급 조회를 하려면 CB(신용평가회사)를 통해서 확인해야 자신의 신용등급에 아무 이상이 없다. 사금융 사이트 등을

통해 자주 조회하게 되면 신용등급에 악영향을 미친다.

-신용카드는 하나만 오래 사용하는 게 좋다. 신용카드가 많으면 신용점수가 깎이는데 3개 넘지 않도록 해야 한다.

-신용카드 금액을 선 결제하면 신용점수가 올라간다.

-은행과의 거래실적이 많아야 하며 가능하면 주거래은행을 정해서 집중적으로 거래해야 한다. 은행의 거래실적이 없다면 해당 은행의 신용등급은 낮아질 수 있기 때문에 가급적 주거래 금융회사를 정하고 그곳을 통해 금융거래(급여이체, 공과금 납부, 자동이체)를 많이 하면 신용점수가 올라간다. 그리고 일정의 평잔도 유지해야 좋다.

-대출이 없다고 해서 신용등급이 올라가는 것이 아니다. 대출을 받고 갚고를 자주 해야 신용이 좋아진다.

-재무건전성이 좋은 회사에서 오래 근무할수록 신용점수가 좋아진다.

-보증을 서게 되면 신용점수도 하락한다.

-보험을 가입하고 주거래 통장에서 자동이체를 걸어 놓으면 신용점수가 올라간다.

-신용카드 한도 소진율 30% 이하로 유지하면 신용점수가 상승한다.

-공공요금(휴대전화, 도시가스, 건강보험료) 등을 납부한 내용을 신용조회 회사에 등록하면 3일 이내에 신용점수가 5~17점 올라간다. 6개월 단위로 등록한다.

-신용카드보다 체크카드를 사용하면 좋은데 체크카드를 월 30만 원 이상 6개월 이상 사용하면 신용점수가 4~40점 올라간다.

: 높은 신용등급 활용법

높은 신용등급을 가지고 할 수 있는 게 많은데 개인이라면 집, 차 등을 구매할 때 많은 금전적 이득을 볼 수 있으며 건물이나 부동산 등을 구매할 때도 엄청난 금전적 혜택을 볼 수 있다. 구체적인 사례를 다음과 각 항목별로 들어 보겠다. 신용등급 상향이 왜 돈 버는 길인지를 알 수 있을 것이다.

-집 대출

집을 대출금 없이 일시불로 구매하는 사람은 거의 없을 것이다. 5억짜리 집이라고 하면 절반은 대출을 받을 텐데 2억 5천에 금리 1%만 이득을 봐도 연간 250만 원을 절감할 수 있다. 신용등급이 좋으면 금리가 1~2%가 낮아질 수 있기 때문이다.

-차 할부구매

차량도 보통 할부를 안 낄 수가 없는데 이거도 마찬가지로 금리 1~2%는 이득을 볼 수가 있다. 할부로 3천만 원짜리 차를 산다고 할 때 그중 2천만 원을 할부할 때 연간 몇 십만 원은 금리로 이득을 볼 수가 있다.

창업자에게 그 분야의 성공한 사람의 노하우를 전수해 주는 사업

사업의 성공은 그 사업이 잘 되는 노하우를 체득한 후 이익을 극대화시킨 결과라고 볼 수 있는데 그 핵심 노하우를 발견하기까지 몇 년이 걸릴 수가 있다. 모든 사업의 상위 10%는 이런 노하우를 가지고 있기 때문에 경쟁자들을 따돌릴 수 있었던 것이다.

보통 창업자들은 이런 노하우를 거의 가지고 있지 못할뿐더러 그 사업에 대한 교과서 적인 사업 방법조차도 모르는 경우가 허다하다. 그냥 아무 생각 없이 막연히 처음부터 시작한다고 보면 된다.

필자는 17년 동안 몇 가지 사업을 하면서 그 분야에 상위 1% 안에 대부분 들었었는데 보통 그 단계까지 다다르는데 2년에서 10년까지도 걸렸었다. 아무도 길을 가르쳐 주지 않기 때문에 수많은 시행착오를 거쳐 나만의 방법을 개척해 나가게 되었다. 물론 중간 중간 사장들을 만나면서 작은 노하우들을 전달받기도 하고 전수해 주기도 했다. 보통 CEO들은 자신의 노하우를 거의 노출을 하지 않는다. 하지만 지속적으로 만나고 대화해 나가면서 자신의 노하우도 알려주고 상대의 노하우도 전달받는 식으로 발전시켜 나갔다. 결국 3-4가지 정도의 핵심 노하우를 체득했을 때 그 분야에 1% 안에 들게 되었던 것 같다.

필자는 예전에는 사업을 했지만 지금은 사업을 하지 않는 결혼 정보업이나 별정통신 이동통신업 같은 경우 그동안 체득했던 노하우들이 있다. 하지만 지금 현재 하는 사업과는 아무 연관성 이 없고 중요하지 않아서 누가 결혼정보업을 한다고 하면 아무 대가 없이 전수해 준다.

이와 같은 노하우의 전수는 신규 창업자들에게 필수인데 결 코 누가 알려 주는 경우가 없다. 또 누구에게 알려 달라고 해야 할지도 모를뿐더러 실패한 사람은 노하우가 없기 때문에 전수 받을 필요가 없다.

필자가 2005년 결혼정보업을 시작했을 때 인터넷을 통해 고객 확보는 많이 되었는데 도무지 손익분기점을 넘길 수가 없었다. 나중에 알게 된 사실이지만 우리 회사에는 매칭매니저가 없었 던 것이 실패의 요인이었다. 보통 결혼정보회사는 커플매니저 가 고객을 상담하여 결제를 이끌어 내고 커플매니저 산하에 매 칭 매니저들이 2-3명 정도 있어서 매칭만 전문적으로 해준다. 회원들 간에 매칭 업무라는 것이 굉장히 시간을 많이 빼앗기는 일이라서 커플매니저가 매칭까지 책임지게 되면 신규 고객의 결제를 이끌어 낼 수가 없다. 그러므로 아르바이트 개념의 매칭 매니저들을 교육시켜 주로 매칭을 하게 하는 것이다.

지금도 이 방식은 결혼정보업체가 운영되게끔 하는 최적화된 메커니즘이다. 커플매니저는 고객과 상담을 하여 계약을 이끌 어 내는데 최적화되어 있는데 계약금액의 22% 정도를 수수료

로 받는다. 그러므로 한 달에 20건 이상이 신규계약을 이끌어
내어 인센티브를 받는 구조로 운영되는 것이다. 이렇게 확보된
고객은 연봉 2천만 원 정도의 급여가 다소 낮은 매칭매니저들
이 매칭을 계속 시켜나가는 구조로 운영이 된다.

이와 같은 구조로 결혼정보업체가 돌아가야 회사 수익구조가
맞는 것이다.

작년에 화장품 분야가 마진도 좋고 돈이 된다는 소문을 듣
고 자체 브랜드 화장품 사업을 하려고 했던 적이 있었는데 인터
넷을 찾아보니 아래와 같은 노하우 전수 사업을 접하게 되었다.
필자가 화장품 제조판매 단계까지 갔더라면 아래 노하우를 금
액을 지불하고 전수받았을 것이다. 100만 원이면 큰돈이긴 하
지만 아래와 같이 모든 단계의 노하우를 전수받는 것 치고 적은
금액이라고 판단이 되었다.

<100만 원에 전수해 드립니다>

- 제조판매업 등록방법
- 화장품 OEM 생산방법
- 제조 단계별 진행 요령 등
- 마케팅 업체 없이 직접 마케팅을 할 수 있는 법
- 세팅 후 오픈마켓, SNS 판매 노하우
- 중국 수출 노하우 전수

<조언자들>의 서비스 형태는 아래와 같이 웹사이트 형태로 구현을 하면 되고 노하우 전수를 받을 사람은 해당 노하우 내용이나 경력사항 등을 확인 후 금액을 지불한 후 노하우를 전수받는 형식이다.

화장품제조부터 판매까지	배달대행업	여행사창업
50만원 매뉴얼 전달, 현장에 방문 전수, 거래처 연결	40만원 현장 노하우 전수 매뉴얼 제공	70만원 랜드사 5군데 연결 매뉴얼 및 거래처 동행
화장품 판매 제조 사업자 등록 화장품 OEM 제작 방법 효과적인 화장품 마케팅 방법 해외 수출하는 법	사업자 등록하는 법 기사 구하는 법 가맹점 늘리는 법 마진율 높이는 법	사업자 등록하는 법 마진율 극대화하는 법 인센티브 여행 모객 법 부수입 올리는 팁
경력 화장품 판매회사 대표 3년 해외 마케팅 영업부 10년	경력 현 배달 대행업 대표이며 월 배달 수 3천 건 달성	경력 **투어 여행사 임원 10년 인센티브 여행사 총괄부장

중계수수료는 대략 30% 정도를 받으면 좋다. 이 중 절반 정도는 마케팅 비용으로 쓰여 지므로 실제 마진은 운영비 빼고 10% 선으로 생각하면 좋다.

이런 사업은 초기 마케팅에 집중하여 분야에 독보적인 존재가 되는 것이 중요하다. 그렇지 않으면 아이템만 제공하는 것이 되어 후발 주자에게 추월당하게 된다.

주요 마케팅 방법은 앞면에 마케팅 하는 법에 기술해 놓았으니
이 아이템에 맞는 마케팅을 하면 되겠다.

산삼관련 SNS, 카페 등을 개설해 회원들에게 산삼을 판매

－20대의 나이에 귀농을 결심하고 결실을 이룬 오늘의 주인공.
산양삼 재배에 성공하여 연 매출 8억을 달성

<SBS 생방송 투데이>

－"지난해 소득이 1억 2000만 원이고요. 올해는 석 달 동안 벌써
2억 원을 벌었는데 연말까지 4억 원은 될 것 같습니다."

<중앙일보>

국내에서 산양산삼의 대량 재배가 성공한 후 국내 고지대 산
에서는 산양산삼의 재배를 하는 곳이 늘어나 산양산삼의 대량
공급이 가능하게 되었다. 최근에는 위의 기사 내용과 같이 귀농
을 통하여 산양산삼을 전문으로 재배하여 성공 사례들이 늘고
있고 판매 또한 호조를 이루고 있다.

산양산삼이란 '산에서 기른다는 의미' 로 장뇌삼과 같은 의
미이지만 산림청에서는 2006년도부터 위와 같이 두 가지 의미
로 불리어지던 용어를 재정립하여 '산양산삼' 으로 통일해 사용
하도록 권장하고 있다.
산양산삼이란 산에 씨를 뿌려 야생으로 삼을 재배하는 걸 말한
다. 산양삼은 파종 단계를 거쳐 500미터 이상의 산에서 재배를

해야 하는데 절반 정도 그늘이 진 지역에서 잘 자란다. 산양삼은 외관이 자연산 산삼과 매우 유사하며 약효도 자연산과 비슷한 효과를 가지나 가격은 자연산의 1/5~1/10에 불과하다.

: 산양산삼의 재배

국내 산양산삼의 20% 정도는 강원도 평창에서 생산이 된다. 강원도 평창은 2014년 산양삼 특구로 지정된 후 국내 산양삼 생산기지로 바뀌면서 체계적인 삼 재배를 통해 많은 양의 산양산삼을 생산하고 있다.

산양산삼은 500미터 이상의 산을 임대하여 재배해야 하는데 임대하는 방식은 인근 주민들의 동의를 얻으면 국유림을 빌릴 수가 있다. 국유림 임대비용은 10ha(약 3만 평)에 1년 10만 원 정도면 임대가 가능하다.

산양삼은 꽤 오랜 시간 공을 들여야 하는데 파종을 하여 산양삼을 수확하기까지 걸리는 시간은 최소 6년 이상이 소요된다.

: 산양삼의 판매

여기서는 산양삼 귀농도 소개를 하지만 산양삼을 전문적으로 판매하는 사업도 소개를 하려 하는데 현재 산양삼을 판매하는 업체들은 강원도 평창과 같은 산양삼 생산지에서 삼을 공급받아 판매하고 있다.

경쟁은 타 업종보다 치열하지 않아 산양삼 전문 판매점은 한번 해볼 만한 사업이다.

판매는 주로 홈페이지를 통해 이루어지는데 평균 판매 가격은 5년 산 10뿌리에 6~10만 원 선에 거래되며 10년 산 10뿌리는 50~80만 원 선에 거래되고 있다.

마진율은 50% 정도로 좋은 편이다. 정관장 홍삼이 25% 마진으로 유통되고, 농협 홍삼이 35% 마진으로 거래되는 것에 비해 마진율이 좋은 편이다.

판매를 오프라인 매장을 열어 온라인과 오프라인을 연계한다면 더 좋은 시너지를 낼 수 있을 것이다. 또 산양삼의 대량 공급이 가능해지면서 인삼이나 홍삼보다 효능이 좋은 산양삼이 그 시장을 대체해 나갈 전망이라 앞으로의 비전 또한 좋은 편이다.

또 사업이 확장성이 있으므로 프랜차이즈 형태로도 발전이 가능해서 브랜드로 키워 대리점들을 두고 판매망을 넓혀 나갈 수 있다.

하지만 산양산삼 사업을 하면서 주의할 점은 가짜 산양삼들도 간혹 시중에 나와 뉴스 기사거리가 되고 있는 만큼 품질을 소홀히 한다면 한순간에 추락할 수 있어 품질관리 또한 중요하다고 하겠다.

아직 산양산삼 분야에는 정관장과 같은 고급 브랜드가 없어 고급 브랜드화도 가능할 것이며 한국의 인삼은 세계적으로도 유명하므로 삼산 브랜드로 수출시장까지 개척할 것으로 본다.

구글 애드센스로 돈 벌기

방문자가 많은 블로그, 티스토리 등이 있다면 광고수익 가능

-8개월 차 애드센스 수익은 203$이다. 목표로 했던 100$를 넘어 200$를 달성하고 나니 기쁘기도 하고 조금 놀랍기도 하다.

-구글 애드센스 수익 공개 - 100만 원(1000달러) 처음으로 넘다...

-이번 7월 구글 애드센스 수익 공개합니다. 1369.95달러로 당시 환율 적용해 보니 약 150만 원이 넘더라고요.

블로거를 운영하는 사람이라면 애드센스를 들어서 익히 알 것이다. 위의 게시글들은 구글에서 발췌한 내용들인데 자신의 블로그에 애드센스 광고를 삽입하고 광고 수익을 가져 간 사례들이다. 큰돈은 아니지만 글 쓰는데 소질이 있거나 블로거를 운영하고 있다면 부업 형태로 해볼 만한 일이다.

: 애드센스(AdSense)란

광고주와 블로거를 연결하는 일종이 제휴 마케팅 프로그램으로 블로거는 광고주가 의뢰한 텍스트나 배너를 자신의 블로그에 삽입한 후 블로그를 방문한 방문자가 배너를 클릭 시 광고 수익을 가져가는 방식이다. 애드센스는 이들 간에 15%~35% 정도의 중개 수수료를 가져간다.

: 수익 올리는 팁

- 디스플레이 광고보다 텍스트 광고가 좀 더 낫다 : 텍스트 광고가 cpc 가 좀 더 낫다.

- 광고의 위치 : 방문자가 가장 클릭을 많이 하는 위치에 광고를 다는 것이 좋다. 모바일과 PC 모두 최상단이 위치가 좋으며 글의 중간 중간도 좋다.

- 포스팅 글과 광고의 연계성 : 글과 광고의 연계성이 중요한데 예를 들어 글이 보험료 가격비교라고 하면 텍스트 광고도 보험료 가격 비교하는 법이라는 광고를 달게 되면 클릭 확률은 엄청나게 올라갈 것이다.

- 반응형 광고와 콘텐츠 내 자동 삽입 광고 : 고객의 사용기기는 PC가 될 수도 있고 모바일이 될 수도 있으므로 기기에 따라 보기 편하게 광고 형태가 바뀌는 반응형 광고를 삽입하는 것이 좋다.

- 가능하면 키워드 단가, 조회 수는 높고 경쟁률은 낮은 키워드 선정 : 수동으로 찾아내기는 어렵겠지만 찾아주는 툴도 있으니 활용해 볼 만하다.

: 단가 높은 키워드 찾는 법
회원 가입 후 상단에 [도구] - [키워드 플래너] - [키워드 찾기]에 원하는 제품 또는 서비스의 키워드 검색이 가능하다. 단 주의할 점은 단가는 높은데 검색량이 너무 낮은 키워드는 검색 자체가 없으므로 클릭할 확률도 떨어집니다. 또 너무 상업적인 키워드만 사용하게 되면 블로그가 차단당할 수 있으므로 주의해야 한다.

키워드 선정의 적당한 방법은 키워드 단가 x 조회수 x 경쟁률 등을 감안해서 선택하는 것이 좋다.

: 수익금 지급

구글 애드센스에서 올린 광고 실적에 대한 수익금은 다음 달 21일에 송금이 되는데 해외 송금 수수료가 100달러 이상일 경우 1만 원이나 들어간다.

국내 은행 중에서는 카카오 뱅크가 해외송금 수수료가 금액에 상관없이 5천 원이므로 카카오 뱅크를 계좌 등록하고 수수료를 입금 받는 것이 좋다. 또 카카오 뱅크의 타발송금은 한국씨티은행과 제휴되어 있어서 은행명에 씨티은행이 들어간다.

최저임금인상으로 앞 다투어 도입하는 무인결제 시스템(키오스크)

최저임금 인상의 최대 수혜산업이라고 볼 수 있는 건 무인결제 시스템이다. 최근 극장이나 대형 외식 프랜차이즈 매장에 가면 볼 수 있는 무인결제 시스템(키오스크)은 향후 5년 이내 급속히 도입될 것이다. 또한 갈수록 비대면 거래를 선호하는 '언택트' 트렌드도 한 몫하고 있어서 무인결제 시스템 사업은 더욱 더 가속화되어 갈 것이다.

여기서 소개하고자 하는 사업은 키오스크의 딜러사업과 대리점 사업이다. 현재 키오스크
대당 가격은 좀 비싼 편인데 카드/현금결제 겸용은 500만 원대, 카드 전용은 300만 원대 정도 한다. 하지만 조만간 공급이 많아질 텐데 그렇게 되면 가격도 많이 다운되어서 일반 자영업자들도 아르바이트생 한 달 비용이면 충분히 구매할 수 있는 수준이 될 것이다.
아니면 렌탈도 가능한데 한 달 아르바이트생 비용은 1/5 수준이면 렌탈도 가능하다. 2019년부터는 최저시급이 8350원으로 올해부터 10% 정도가 추가 인상이 되는데 최저임금이 오르면 오를수록 이와 같은 무인결제 시스템의 수요는 폭발적으로 증가할 것이다. 최저시급이 8350원이 되면 주휴수당 포함하면 시급

1만 원이 넘어가게 되어 많은 자영업자들은 도산하게 되어 있다. 그것의 가장 큰 대책은 무인결제시스템이 될 것이고 정부도 자영업자의 도산을 막기 위해서 보조금을 지급해서라도 적극 지원에 나설 것이다.

키오스크는 지금 여러 가지 형태로 개발이 되고 있는데 최근에 나온 보급형을 보면 별도 기기를 사용하지 않고 스마트폰과 연동하여 사용하는 것도 개발이 되었는데 가격은 저렴하여 1백 원대로 구매가 가능하다.

이와 같이 키오스크는 앞으로 굉장히 다양한 형태로 발전을 할 것이다. 그러므로 딜러나 대리점을 할 경우 다양한 제품을 취급해야 한다. 소규모 자영업자들은 분명 저가형이나 렌탈을 사용할 테고, 규모가 있는 상점들은 인테리어에 맞게 프리미엄급을 사용하게 될 것이다.

딜러나 대리점을 하려면 우선 홈페이지가 있어서 각 제조업체의 키오스크를 전시하고 사용 설명을 하고 가격 등을 비교할 수도 있게 하고, 렌탈 여부도 안내를 하여서 고객 확보를 해 나가야 할 것이다. 초기 시장은 아무래도 프랜차이즈 중심으로 보급이 될 텐데 연결이 잘 된다면 한 번에 100대, 200대를 계약할 수 있어서 대박을 터트릴 수 있을 것이다.

또 중소규모의 자영업자들은 주로 렌탈을 많이 사용할 텐데 그럴 경우 월 렌탈료의 몇% 정도의 수수료를 매월 받을 수도 있

다. 돈이 된다면 대리점 공급가로 직접 구매해서 렌탈해도 된
다.

어떤 사업이든 초기 시장이 중요한데 초기에 기반을 다져 두면
시장이 확대될 경우 대표 브랜드가 되어 독점적인 위치에까지
서게 되는 것이다.
카카오톡 같은 경우도 초기에 회원을 많이 확보하게 되어 후발
주자가 진입하더라도 맥을 못 추고 성장하지 못하는 것과 같다.

지게차, 포클레인, 크레인 등 중장비 분야는 다른 업종보다 급여가 높은데 자격증을 바로 따고 일을 배우는 단계는 월 150만 원 정도를 받지만 2-3년 경력이 쌓이면 250~300만 원, 그 이후에는 300~400만 원 정도의 수입을 올릴 수 있다.

또 프리랜서로 일할 경우 장비가 있을 경우 일 50만 원 선을 받을 수 있다. 장비는 처음에는 렌탈로 하던지 중고를 구매하면 되고, 향후 돈을 벌면 새 장비로 교체하면 된다.

: 자격증 취득

지게차, 굴삭기 분야에서 일을 하려면 운전기능사 취득이 필수인데 중장비 학원을 다니게 되면 국비지원뿐만 아니라 훈련수당도 월 116,000원~400,000원 정도를 받으면서 다닐 수 있다. 합격률은 보통 40~50% 선인데, 지게차 자격증은 2015년 8만 2802명이 응시해 2만 9740명이 합격했다. 굴삭기 자격증은 3만 177명이 응시해 1만 435명이 합격했다.

: 수입

굴삭기의 경우 건설현장에서 1일 8시간 당 50만 원 정도를 받을 수 있다. 초과 근무 시는 1.5배의 시급을 받을 수 있다. 굴삭기 없이 기사로만 일 할 경우 하루 일당은 25~35만 원인데 이럴 경우 렌탈을 하는 것이 더 좋은데 굴삭기 하루 렌탈료는 다음과 같다.

미니 굴삭기 : 5만 원~7만 원

중형 굴삭기 : 7만 원~8만 원

대형 굴삭기 : 8만 원~10만 원

중고 굴삭기의 경우 5년 사용은 5천~6천만 원, 10년 사용은 2500만 원 정도 하며 새 제품은 1억 2천만 원 정도 한다.

: 향후 비전

중장비 대여, 매매 사업을 할 수 있다. 중장비 대여는 건설기계 임대사업을 등록해야 하고 중장비 매매는 건설기계 매매사업을 등록하면 할 수가 있다.

굴삭기 렌탈의 경우 평균 단가는 아래와 같다.

미니 ~ 02 굴삭기 = 150 ~ 180만 원

03 타이어 굴삭기 ~ 06 궤도 굴삭기 = 200 ~ 250만 원

06 타이어 굴삭기 ~ 10급 굴삭기 = 280 ~ 300만 원

중장비 대여 업체들은 공사현장에서 주문이 들어오면 장비와 기사를 같이 보내주면서 수익을 얻는 방식과 단순히 중장비 렌탈을 해 주는 방식, 기사만 대여 중계해 주는 방식 등 건설현장마다 다양하다.

중장비 쪽 사업들은 아직은 인터넷 비즈니스 쪽이 발달해 있지 않기 때문에 스타트업으로 중장비 토털서비스를 하기에 좋은 분야이다.

분야는 중장비 임대, 판매, 공사 수주, 중장비 새 제품 소개 등 다양하다. 종류는 지게차, 포클레인, 크레인, 덤프, 레미콘, 트레일러 등 다양한 종류를 모두 취급할 수 있다.

자동문 설치업

급속히 확산되어 가는 상가, 오피스의 자동문 설치

−최저임금 상승으로 늘어나는 무인시스템

서울 강남의 한 대형 아파트 단지는 최근 입주자 대표회의를 열고 현관마다 무인(無人) 자동문을 설치하는 안건을 통과시켰다. 공사가 마무리되는 내년 5~6월에는 경비원 283명이 모두 일자리를 잃게 된다. 아파트 입주자 대표회의 측은 "경비원 월급으로 매달 4억 7000여만 원씩 1년에 56억 원 넘게 나가는데, 자동문 설치는 7억 원이면 된다"며 "관리비 부담을 훨씬 줄일 수 있다"고 밝혔다.   <조선일보>

위의 내용은 조선일보의 신문기사 내용인데 최저임금의 인상으로 아파트 경비원의 급여도 인상해야 해서 이것을 대체하는 방향으로 자동문을 설치하게 되었다. 일자리는 줄어들지만 반면 자동문 업계는 호황으로 웃을 수밖에 없다.

자동문은 사용의 편의성, 보안 등 여러 가지 편리한 이유 때문에 수요가 갈수록 늘고 있는 추세이다. 상점들도 요새는 자동문으로 전환된 곳들이 상당히 많으며 아파트나 오피스텔 같은 곳도 경비원 1명의 인건비를 줄일 수 있으므로 각 동마다 자동문은 필수로 장착이 되고 있다.

한국의 자동문 수요는 아시아에서 일본 다음으로 높은 편으로 생각보다 꽤 활성화된 사업 분야이다. 보통 자동문의 설치 가격은 150만 원~200만 원 사이로 형성되어 있으며 설치 마진은 50만 원 정도로 보면 된다. 자동문 설치를 전문으로 하는 창업을 바로 하기 전에 자동문 설치 기사로 먼저 시작하는 것을 권한다. 자동문은 스위치, 선세 등 각종 전자장치들이 유기적으로 연결되어 있어 어느 정도 기술의 숙련도가 필요하기 때문이다.

자동문 수요가 늘어남에 따라 자동문 설치회사도 많이 늘어났고 설치기사 모집도 많아지고 있으므로 우선은 자동문 설치회사에 취업을 하여 기술을 습득하는 것이 좋을 것이다.

: 시공 및 수입

자동문은 프레임, 기계, 도어, 센서 등으로 구성이 되며 각각이 재료비는 프레임 35만 원, 자동문 기계 40만 원 , 도어 15만 원, 센서와 스위치 30만 원가량이 들어가며 시공비의 합계는 최저 150만 원에서 옵션 추가 시 추가 비용이 들어가는 구조로 보면 된다.

마진은 최소 50만 원부터 옵션 추가 시마다 별도 마진이 생긴다.

시공시간은 기존 출입구가 있는 곳에 개보수 형태로 설치할 경우 3-4시간 정도가 소요되며 신규일 경우 이것저것 측량 같은 것도 해야 해서 시간은 더 소요될 수 있다.

노가다 창업-타일공사

벽, 바닥, 욕실 등 타일 공사

-프리랜서로 뛰어도 한 달 600~700만 원 수입이 가능

타일 시공은 잘 알다시피 벽, 바닥, 욕실 등을 타일로 붙이는 인테리어 작업이다. 타일 시공 업은 잘 알려지지 않아서인지 수요는 많은데 공급이 적은 분야이고 대부분 기술자들이 고령화되어 젊은 사람이 많지 않다. 그러나 건설 산업과 주택 리모델링 시 타일 작업은 반드시 필요한 일이기 때문에 기술을 배워두면 고수익은 물론 일감도 꾸준하다.

업종 자체가 신규 인력이 진입을 잘 안 하고, 폐쇄적이라서 마진율 같은 것이 지켜지는 편이다. 업종별로 온라인으로 오픈이 된 사업들은 마진율이 최하로 떨어지는데 반해 타일 시공업은 오프라인 사업일뿐더러 온라인으로 원가나 이런 것들이 공유가 안 돼서인지 수입이 괜찮은 편이다.

: 수익

-프리랜서로 일할 경우

기술자인 경우 하루 일당은 25~35만 원 선 / 배우는 보조로 일할 경우 하루 일당은 10~15만 원선

-타일 가게를 직접 차려 공사 수주를 받아 시공을 할 경우
공사비는 원가의 1.5배~2배 정도를 받으면 적정

* 원가구조
-평당 시공비는 5만 원~8만 원(하루 작업량은 5평~8평)
-타일 재료비 : 세라믹 타일- 평당 5~6만 원선 ｜ 타일본드 : 평
당 4만 원선

노가다 창업-목수

건설현장에서 가장 일당이 높은 직업으로 목공을 전문으로 한다.

- 일당 30만 원 ┃ 주 5일 근무(9시~5시) 하고 초과수당 받으니
750만 원 수령

　　인테리어 회사 직원이 부러운지 게시판에 올린 글인데, 목수
급여는 건설현장에서 가장 높은 편에 속하는 직업 중 하나이다.

- 고등학교 중퇴하고 32살에 연봉 1억 2천 버는 청년 목수

　　이것도 인터넷 게시판 청년창업란이 올라온 글인데 고등학
교 다니다 돈이 없어 중퇴하고 일찌감치 목수 일을 배워 사회
취업전선에 뛰어들어 지금은 안정적으로 한 달 1천만 원 수입을
올리고 있다는 실화이다.

-아버지가 인테리어 목수이십니다. 돈만 잘 받으시면 한 달에
1,000만 원 넘게 버십니다. 거래처가 많으시다 보니... 저는 17살
때 학교를 그만두고 아버지한테 내장 인테리어를 배우게 되었
습니다.

　　이 사례도 인터넷 게시판에 올라와 있는 내용인데 아들이 중

학교 졸업하고 고등학교를 못 간 건 같은데 목수 일을 가르친다는 내용이다. 요즘은 목수 일 같이 힘든 일은 젊은 사람들이 안 하게 되니 거의 60대가 넘은 분들이 많다고 한다. 그래서 지금부터 배운다면 30대 정도 되면 완전 고급인력으로 대우받게 된다는 것이다. 이와 같이 이것이 지금 우리 사회의 현실인데 20대, 30대들은 폼 나는 일만 하려다 보니 목수와 타일 같은 현장 일과 같이 실제 경제를 뒷받침하는 실제적인 일들은 안 하려고 하는 풍조가 있다.

하지만 이런 현장일은 보수도 높을뿐더러 정년도 없고 나중에 창업도 수월하므로 적극 추천하는 바이다. 요새 대기업의 평균 은퇴 나이가 52.6세로 퇴직 후 사회에 나와도 마땅히 할 일이 없고 기술도 없어 이것저것 창업하다가 망하는 경우가 많은데 여기에 비하면 훨씬 나은 직업이 아닐 수 없다. 게다가 목수 일은 프리랜서라 세금도 거의 없다.

　대기업에서 연봉 1억 책정되면 정확히 통장에 들어오는 돈이 670만 원이다. 목수 연봉 1억 하고 대기업 연봉 1억의 실수령액은 거의 1.5배 정도가 차이 나는 것이다.

또 이민을 생각한다면 목수 일이 제격인데, 캐나다 같은 경우 목수 일을 하게 되면 연 8만 달러 정도의 수입을 올릴 수 있으므로 안정적으로 살 수 있다.

: 수익

목수 일을 배우는 단계는 일당 10-15만 원을 예상하면 된다. 인터넷에 보면 목수 일로 월 1천만 원을 번다는 글이 꽤 올라온 걸 볼 수 있는데 이들은 10년 이상 베테랑급으로 보면 되겠다. 보통은 5년 이상 경력자의 경우 25만 원~30만 원의 일당을 받는다고 보면 되고, 시간 외 수당이 1.5배이므로 야근이 있게 되면 더 받아 가는 수준으로 보면 되겠다.

'정년도 없고, 무학력, 무스펙, 한 달 15일만 일해도 월 300만 원 수입'

통계청에 의하면 수도권 평균 주택 거주기간은 6.17년이고 수도권 가구 수가 600만 호가량 되므로 월평균 8만 가구가 이사를 한다는 결론입니다. 이사를 하게 되면 도배, 장판은 웬만하면 교체를 하게 되어 인테리어 도배/장판 기술자가 오히려 부족한 실정이다.

도배/장판은 보통 서로 친한 사람 2~3명끼리 팀을 짜서 움직이는 경우가 많은데 시공을 할 때마다 일당을 받는 형태일 경우 20만 원~22만 원 정도를 받는다. 주간에 영업을 해야 하는 곳 같은 곳은 야간작업을 해야 하는데 일당 기준 40만 원 정도를 받는다.

또 주문을 많이 받을 능력만 된다면 지물포를 차려서 물건도 팔고 도배 공사를 받아서 시공을 할 수 있다.

도배/장판 기술은 기술 전수를 직접 해 주는 사람도 있는데 그럴 경우 100만 원 정도의 기술 전수 비용을 주면 된다. 처음에는 국비 직업학원을 다녀서 기초 정도를 배운 후 보배 보조 기사로 활동하다가 1-2년 후 프리랜서로 독립하는 것이 가장 좋다.

: 도배/장판 교육원

도배/장판은 국비지원 직업교육이 가능하다.

보통 1-2개월 과정인데 학원비는 80~100만 원 선이지만 50%~100% 국비지원이 가능하므로 차액만 본인이 부담하면 된다.

: 도배/장판 공사 수익

-프리랜서로 할 경우

도배 전문가 일당은 19~20만 원이며 데모도는 8~10만 원, 경력 1~2년 차는 12~15만 원 수준으로 형성되어 있다.

-창업할 경우

*도배시공

 실크벽지 20평의 경우 도배 비용은 100만 원 정도를 받고 지출은

 실크벽지 원가 20만 원

 부자재 3-4만 원

 광고비 5만 원

 인력 기사 한 명, 보조한 명 30만 원

 총 마진 40만 원 정도가 남게 됩니다.

*장판 시공

 모노륨 장판 2.2t 20평의 경우 장판 비용은 55만 원 정도를 받고 지출은

장판 원가 15만 원

부자재 1-2만 원

광고비 2만 원

총 마진 37만 원 정도가 남게 됩니다.

영재 판별, 아동 지능검사

심리학과 출신이라면 해볼 만한 웩슬러 검사 학습교사

한국에서 아동 지능검사의 표준은 웩슬러 검사라고 할 수 있는데 이 검사를 통해 영재 판별을 하곤 한다. 보통 영재 판정은 아동 지능지수 상위 1% 이내로 하는 경우가 있고, 영재학원은 3% 이내에 드는 아이들을 대상으로 영재 교육을 시키고 있다. 요즘은 엄마들이 아이가 초등학교에 입학하기 전에 웩슬러 지능검사를 하여 자녀의 지능지수를 각 분야별(처리 속도, 작업 기억, 지각 추론, 언어 이해)로 파악하여 종합적인 지능지수뿐만 아니라 부족한 부분을 파악하여 학습에 잘 따라갈 수 있도록 보완을 해주고 있다.

또 아이가 영특하다면 자신의 아이가 영재가 아닌지 굉장히 궁금해 해서 영재학원을 통해 영재 검사를 하곤 하는데 유명한 곳은 대기 기간이 6개월씩 걸리고 있어 좀 불편한 감이 있다. 이 창업 아이템은 아이들의 영재성 검사, 지능검사를 방문 형태로 해 주는 방식으로 운영한다.

웩슬러 검사란?

한국 웩슬러 아동 지능검사(Korean-Wechsler Intelligence Scale for Children-third edition: K-WISC-III)는 만 6세 0개월에서 만 16세 11개월까지의 아동을 대상으로 일반적인 지적

능력을 측정하기 위하여 언어성 소검사와 동작성 소검사의 두 부분으로 구성되어 있으며 언어성 IQ, 동작성 IQ, 전체 IQ 점수를 산출한다. 언어성 검사에는 상식, 공통성, 산수, 어휘, 이해, 동작성 검사에는 빠진 곳 찾기, 기호 쓰기, 차례 맞추기, 토막 짜기, 모양 맞추기가 있으며, 동형 찾기, 숫자, 미로 등 3가지의 보충 소검사가 별도로 있어 총 10가지의 기본 소검사와 3가지의 보충 소검사로 구성되어 있다. 이 검사는 일반적인 지적 능력 평가를 비롯하여 특수교육 요구 아동의 판별 및 진단, 교육계획과 배치 평가 및 그 밖의 임상적 평가 장면에서 널리 활용되고 있다

: 비즈니스 진행

웩슬러 검사를 전문으로 하려면 심리상담 센터와 연계해서 하는 방식과 직접 사무실을 차려서 하는 방식이 있겠지만 우선은 각 심리상담 센터에 연계를 해서 고객의 요청이 있으면 심리상담 센터에 방문하여 웩슬러 검사를 해주는 방식이 좋겠다.

웩슬러 검사를 하는 곳은 주로 아동심리상담 센터 등에서 하는데 고객들은 주로 이곳을 통해 웩슬러 검사 요청을 한다. 그러면 아동심리상담 센터에서는 웩슬러 검사를 전문으로 하는 사람에게 연락을 하여 약속 시간을 잡고 검사를 진행하는 형태로 지금까지 운영되고 있는 것이다.

지금까지는 이런 형태로 주로 이루어져 왔으나 이제는 인터넷 등으로 검사 요청을 받아서 방문 형태로 한다면 하루 2건 이상

을 진행할 수도 있다.

　　웩슬러 검사 비용은 보통 20만 원 선이다. 검사 후 분석과 상담을 별도로 해준다.
검사 소요시간은 1시간~1시간 반 정도 걸리며 채점하는데 30분 정도 그 후 상담 시간 30분 정도로 잡으면 된다.
웩슬러 검사 교재를 한 번 구매하면 계속 사용할 수 있으므로 초기 교재 구매만 하면 별도 비용이 들지 않으므로 수익성은 좋은 편이다.

: 자격
-웩슬러 지능검사 검사지 구매 자격은 의외로 복잡한 자격조건이 있다.
보건복지부에서 인정하는 임상심리사,
사단법인 한국 임상심리학회에서 수여하는 임상심리전문가,
사단법인 한국 상담심리학회에서 수여하는 상담심리사,
정신과 전문의 등이 자격으로 인정
-한국 웩슬러 아동 지능검사의 올바른 활용과 보급을 위해 지능검사 자격증 부여 연수를 하는데 초급, 중급 정도를 이수하여야 한다. 각 연수시간은 8시간이다.

- 최저임금 상승으로 자판기 시장 작년 10% 고성장
- 현재 국내에 깔려있는 자판기는 모두 25만 대 수준으로 최근 몇 년간 최저임금의 가파른 상승으로 무인매장 시대가 도래하면서 자판기 시장이 호황을 누리고 있다. 또 한국자동판매기공업협회에 따르면 내년엔 자판 기업 성장률이 20%를 넘을 것으로 내다봤다.

  본 아이템은 자판기가 많이 보급되는 이면에 자판기를 중고로 파는 곳도 갈수록 늘어나는 시장을 겨냥한 중고 자판기의 중개업이다. 부동산으로 따지면 직방이나 다방 정도로 생각하면 되겠다. 매매할 자판기와 중고 자판기를 구매할 사람을 연결해 주는 것이다.

아직 네이버나 앱스토어를 보면 중고 자판기를 사고 팔 수 있는 시장이 활성화된 것이 없는데 앞으로 수요가 많아지게 되면 충분한 사업 가능성이 있을 것으로 보인다.

왜냐하면 자판기 사업을 해서 성공하는 사람도 있겠지만 자리를 잘못 잡아서 실패하는 사람도 많을 것이다. 이럴 경우 중고 자판기는 거의 헐값에 매각을 하고 큰 손해를 볼 수밖에 없는데 제값을 받고 넘길 수 있다면 좋을 것이다.

또 한편으로는 자판기를 신규로 들여놓으려는 사람들은 매출이 일어나지를 잘 모르기 때문에 처음에 굉장히 망설여지는 것이 자판기 가격이 워낙 고가이기 때문이다. 그래서 처음에는 중고로 들여놓고 매출을 올려 보는 것이 좋을 것이다.

: 수익모델

1. 중고 자판기 판매 중계 수익

 중고 자판기를 팔고 사는 과정에 중계수수료를 받을 수 있다.

2. 새 제품 판매

중고 자판기뿐만 아니라 새 제품도 판매할 수 있다.

3. 자판기 렌탈사업

 보증금 ***원에 월 렌탈료 ***원에 렌탈을 해주고 렌탈 비용을 받는 비즈니스도 가능하다. 렌탈 자판기 업체도 많으니 연결해 주고 수수료를 받는 것도 괜찮다.

4. 샐러드 자판기나 꽃 자판기와 같이 새로운 분야로 출시되는 자판기 회사의 대리점 역할도 할 수 있다. 새로 출시되는 자판기 들은 판매망이 없기 때문에 이들의 대리점 역할을 해서 마진을 가져갈 수 있겠다.

: 한국의 자판기 증가 요인

자판기 천국인 일본은 현재 약 500만 대의 자판기가 활동하고 있는데 일본을 선행지표로 봤을 때 국내 보급된 자판기 25만 대는 그 숫자가 굉장히 많이 증가할 것으로 보인다.

한국이 자판기가 증가할 것으로 예상되는 요인은 몇 가지가 있

는데

1. 자판기의 다양화
기존에는 커피, 음료 자판기가 대다수였으나 최근 들어 라면, 꽃, 화장품, 과자, 피자, 사진인화 등 굉장히 다양해지고 있다.

2. 최저임금의 상승
'최저임금이 키운 자판기 천국'이라는 타이틀로 조선일보에 기사가 났는데 기자가 자판기 업계를 조사한 바에 따르면 최저임금 인상 이후 자판기 창업문의가 많아졌는데, 최저임금 인상으로 인한 인건비 부담, 높아지는 지대(地代) 때문에 업주들은 무인 시스템을 선택한다는 것이다.

3. 언택트 문화
1인 사회가 도래하면서 보편화된 '비대면 문화'의 특성도 자판기 증가를 부채질하고 있다.

4. 직장인의 투잡이 늘고 있다.
직장인이 투잡하기에 좋은 것이 자판기이다. 최근 새로 출시된 자판기인 샐러드 자판기의 경우 월 매출 100만 원 선이며 배스킨라빈스의 아이스크림 자판기의 경우 일 매출 10만 원 정도를 한다고 한다.

의료기기 딜러

의료기기업체, 수입업체와 병원을 연결하는 딜러, 대리점

-식약처가 2017년 의료기기 생산 및 수출입 실적 자료를 분석한 결과 국내 시장 규모는 국내 생산(5조 8232억 원)과 수입(3조 9529억 원)을 더한 데다 수출(3조 5782억 원)을 뺀 것으로, 총 6조 1,978억 원으로 집계되어 세계 9위를 차지
지난 5년간 연평균 성장률은 8.4%대로 고성장을 하고 있으며 특히 성형, 피부, 두피 관련 성장세는 더 두드러졌는데 필러 같은 경우 3년간 2배나 성장할 정도였다.

의료기기의 시장의 성장 요인은 급속한 고령화에 따른 병원 의존도가 높아졌고, GDP 상승으로 개인의 수입이 좋아져서 미용에 관심이 많이 생겼기 때문으로 보인다.
의료기기 시장의 매출 상위 품목별로는 치과용 임플란트(8,889억 원) 생산이 가장 많았으며, 그다음으로는 범용 초음파 영상진단장치(4,951억 원), 성형용 필러(조직수복용 생체재료, 2066억 원) 순이었다.

이와 같이 의료기기 시장이 커짐에 따라 유통시장도 커지고 있는데 제조업체나 수입업체가 병원에 직접 마케팅을 펼치는 경우도 있지만 역부족이어서 딜러나 대리점 등을 많이 활용해

가고 있다.

또 의료기기 제조, 수입업체들은 딜러나 대리점들을 많이 모집해서 영업활동을 벌이고 있고 이런 의료기기 유통 분야는 갈수록 커질 전망이다. 하지만 의료기기 유통은 기기 사용이 복잡하여 매뉴얼을 충분히 익히고 사용이 가능한 전문성을 요하는 직업이다.

보통 의료기기 제조업체에서는 판매 딜러 모집 시 최소 1주일간의 의료기기 사용에 대한 교육을 시키고 영업에 내보내고 있다. 그러므로 이 분야의 딜러는 기술 딜러라고 불러야 할 것이다.

: 딜러, 대리점 요건

요건 : 병원 제품 취급 도매상 및 제약 대리점, 로컬/세미 전문 병원 전문 딜러

요건은 위와 같이 막무가내 적인 병원 방문이 아니라 관련 분야에서 어느 정도 직무를 익힌 딜러를 원한다. 그러므로 최소한의 관련 업계에 종사를 해야 한다.

: 수입

딜러 수입은 판매가의 10~15% 선을 보면 된다.

보통 의료기기는 몇 천만 원~몇 억 원을 호가하므로 10% 마진으로 한 달에 꾸준히 몇 대 정도를 판매할 수 있다면 수익은 꽤 될 것이다.

: 의료기기 마케팅 방법

 의료기기 마케팅은 병원 직원, 의사, 원장 등을 대상으로 하기 때문에 이들이 접할 수 있는 곳에 마케팅을 하는 것이 중요하다. 보통 의사들은 워낙 바쁘기 때문에 만나기가 힘들다.

그래서 병원 마케팅의 가장 핵심은 의사를 만나는 방법이다. 의사를 만나는 방법은 힘든 만큼 그만큼 진입장벽이 있는 것이고, 성공을 해 나가는 노하우를 개발한다면 바로 억대 연봉이 가능하리라.

* 의사를 만나는 몇 가지 방법은

1. 병원이나 의사들 이메일 정보를 수집하여 주기적으로 의료기기 정보를 보내준다. 그래서 연락이 오면 만난다.

2. 소개로 만난다. 병원을 한 군데를 뚫는데 성공하였다면 다른 병원 원장을 만날 수 있게 주선해 달라고 하는 식으로 소개의 소개 방식으로 영업을 한다. 고전적인 방법은 이 방식이 가장 잘 먹힐 것이다.

3. 홈페이지나 블로그 등을 개설하여 의료기기에 대한 소개를 하여 의사들의 자발적인 방문을 유도하여 판매를 하는 방식이 있다.

* 의사는 이 제품을 왜 구매하려 하는가?

사실 가장 중요한 것은 이 대목이라고 본다. 의사는 최신 의료장비를 왜 구매하려고 하는지를 입장을 바꿔 생각한다면 해답이 나올 것이다.

의사들이 성능 좋은 최신 의료장비를 구매하는 이유는 보다 효과 좋은 치료를 하기 위해서이다. 의료장비들이 갈수록 고성능화되면서 기존에 시술이 힘들었던 질환까지도 치료가 가능해짐에 따라 의사들은 더 좋은 장비를 쓰길 원한다.

또 장비가 노후화 되었다면 경쟁병원에 비해 경쟁력이 뒤떨어지므로 도태될 수밖에 없다. 이런 점을 부각한다면 의사들은 구매의 필요성을 느낄 것이다.

의사들 중에는 의료분야에서 기술 선도를 원하는 의사들도 있다. 그런 의사들은 다른 의사들이 성공하지 못하는 질환 치료를 성공시키는데 의미를 두기도 하는데 여기에 맞는 최신 장비를 소개해 줄 수 있다.

의료기기 딜러를 하면서 가장 중요하게 갖춰야 할 점은 학습이라고 본다. 현직 의사들보다 더 전문성을 지녀야 한다. 그래야 대화가 이어진다. 그냥 잡상인이 되면 안 되는 것이다. 사람들은 보통 자신보다 더 전문가를 만나면 대화가 계속 이어지는 법이다. 그러므로 밤을 새워서라도 의료기기 공부를 하여 현직 의사들보다도 더 장비에 대한 전문성을 지녀야 한다.

'나는 당신보다 더 전문가다'라는 자부심을 지닌다면 의사를 만나더라도 절대 언변에서 밀리지 않을 것이다.

의료기기에 대한 전문 마케팅 교육은 교육훈련기관 등에서 마케팅 교육을 해 주는 곳도 있으므로 주기적으로 교육을 받는 것도 중요하다. 주요 강사들은 현직 교수나 의료기기 회사 대표들이 영업전략 및 마케팅 실행사례들을 들어 교육해 주고 있다.

미용실 대상으로 도매가로 공급하는 미용재료 인터넷 할인점

2016년 기준 국세청 통계자료에 의하면 국내 미용실의 개수는 6만 6천 개에 이르며 미용실 당 월평균 매출액은 718만 원 정도 된다고 한다. 모든 미용실은 미용재료가 필요한데 국내 미용재료 도매, 딜러를 하는 곳은 1500개 정도 된다.

수치로 보면 미용실 40-50군데 당 미용재료를 공급해 주는 도매상들이 1군데씩 분포되어 있다고 보면 된다.

미용에 쓰이는 미용재료의 종류는 미용도구, 클리닉/트리트먼트, 염모제, 실크 세라피, 헤어 케어, 스타일링 제품, 샴푸, 가위, 가운, 기타 소모품 등으로 나뉜다.

: 영업방법

초기 영업방식은 아무래도 미용재료 도매쇼핑몰을 하나 만들어서 미용실 위주로만 납품하는 방식이 좋겠다.

이렇게 미용실을 상대로 하는 미용재료 할인점은 어느 정도 성업하고 있다. 아무래도 주문받을 곳도 있어야 하니 홈페이지를 하나 운영하는 곳이 좋다.

주문이 들어오면 본사에서 구매해서 보내주면 되므로 초기 재고를 가지고 있을 필요는 없다. 물론 주문 수량이 많아진다면 재고를 구매해 놓고 배송해야겠지만 초기 자본이 없을 경우는 선주문 결제 후 배송을 하는 수밖에 없다.

보통 미용재료 딜러들은 차로 전국을 누비지만 홈페이지를 적절히 활용하여 주력해야 할 지역을 선별해서 집중 공략하고 나머지 지역들은 홈페이지 주문 배송 위주로 해야 할 것이다.

: 가맹점을 늘리려면

가맹점을 늘리려면 가맹점의 매출을 늘려준다면 소개의 소개를 받을 수 있을 것이다.

미용실 간에도 영업 노하우는 잘 공개되지 않는다. 그래서 의외로 미용실이 최신 트렌드에 늦는 경우가 많은데 미용재료 도매를 하다 보면 굉장히 많은 미용실을 접하게 되고 영업하는 방법을 보게 되고, 잘 되는 곳은 어떤 방법을 써서 잘 된다는 것을 보게 된다.

아무래도 이런 트렌드를 빨리빨리 알려주어 매출이 상승되도록 한다면 제품 공급 매출도 늘어날 것이다.

어떤 딜러들은 아예 미용인들 교육까지 시켜준다. '지금 홍대 쪽에서는 어떤 방식으로 매출을 2배 가까이 상승시키고 있더라, 또는 강남 쪽은 요새 어떤 헤어가 유행이다.'라는 최신 정보들을 교육시켜 주는 것이다. 또 어디 미용실은 헤어제품은 어떤 것을 쓰는데 고객들이 굉장히 만족하고 있다, 등의 제품 홍보도 넣어서 말이다.

: 비전

실제 필자가 아는 미용 딜러는 유튜브 동영상까지 만들어서 교육을 시켜주고 있었는데 사업이 잘 돼서 굉장히 바빠 보였다.

또 여기저기서 많은 정보를 얻다 보니 원료 수입 루트를 알게 되어 직접 제품까지 OEM으로 생산하여 제품 이름만 바꿔 더 싼 가격에 미용실에 공급하고 있었는데 여기서도 한 달에 2천만 원 정도의 순 마진을 남기고 있었다. 어차피 미용실 입장에서는 동일 원료를 쓰는 제품이고, 가격도 30% 정도 저렴해서 이 제품을 더 선호하게 되었는데 나중에는 브랜드로까지 자리 잡게 되었다.

게다가 별도로 미용실을 2개 정도 오픈하여 운영하고 있는데 나중에는 프랜차이즈로까지 확대를 염두에 두고 있었다.

: 마진과 수익

마진은 도매 마진 30% 정도를 보면 되지만 소매사업과 같이 다량이 아니기 때문에 판매는 수월할 수 있다. 소매의 경우 한 건 한 건씩 소량 주문이 들어와서 적은 매출인데도 배송 인력이 꽤 필요하지만 도매거래이기 때문에 미용실마다 한 달에 3~4번에 몰아서 대량 주문을 하기 때문에 배송에 시간을 많이 빼앗기지는 않는다.

또 한 번 거래한 미용실은 웬만해선 계속 거래를 하기 때문에 개인을 상대로 하는 쇼핑몰같이 계속 광고비를 투자하여 신규 고객을 확보하지 않아도 된다.

대신 매출을 늘리려면 계속 신규 거래처를 확보해 나가야 하는데 사업이 커진다면 하부에 영업 딜러 한두 명을 두어 거래처 확보를 지속적으로 해 나가면 된다.

컨테이너 보관 창고업을 하는 사람들은 오프라인 사업이다 보니 아무래도 인터넷 분야는 약한 점이 있다. 한국이 수출 세계 6위 국가답게 물류량도 엄청난데 거기에 따른 물류창고 수량도 비례해서 굉장히 많다. 물류창고는 지금도 계속해서 생겨나고 있지만 인터넷으로 광고를 못해서 창고를 다 채우지 못하는 경우도 허다하다.

오프라인 광고로 다 못 채울 경우 이것을 대행해 주는 업체들은 별로 없는 듯하다. 이 해결점은 인터넷으로 찾을 수가 있는데 인터넷을 통한 중계 비즈니스가 생긴다면 수수료를 좀 주더라도 남는 공간들을 다 채울 수 있을 것이다.

아직 컨테이너 보관 창고업에 대해 생소한 분들을 위해 간략히 아래와 같이 설명한다.

> **컨테이너 보관 창고업이란?**
> 수출용 컨테이너나 일반 컨테이너를 대량으로 가지고 있으면서 창고 형태로 물품을 보관하는 서비스를 말합니다. 주 고객은 물류가 필요한 쇼핑몰 업체나 수출업체 등으로 사무실을 운영하면서 판매되는 상품들을 대량으로 보관하는 용도로 사용됩니다.
> -평균적인 컨테이너 임대비용
> 20피트 컨테이너: 1개월 19만 원
> 40피트 컨테이너: 1개월 36만 원

: 서비스의 구성

기존 인터넷의 컨테이너 창고 광고를 보면 컨테이너 창업업체들이 자사의 창고 광고들만 개별적으로 하는 상황이다. 이런 창고들을 통합적으로 모아놓고 광고를 하는 경우는 거의 없는데 창고들을 한 곳에 모아놓고 지역별, 가격별 등 조회를 가능하게 한다면 이용자들은 보다 쉽게 창고를 이용할 수 있을 것이다. 우선은 홈페이지로 운영을 하다가 앱을 만들어서 창고를 바로 연결해 주는 단계까지 간다면 여기 어때나 배달의 민족과 같이 이 시장을 선도할 수 있을 것으로 보인다.

창고 임대는 1회성은 아니고 거의 대부분은 사업자들이므로 사업을 지속하는 한 창고 임대를 해야 할 것이다. 이삿짐 서비스와 같이 한 번 하고 종료하는 서비스가 아닌 것이다. 그러므로 이 사업은 재구매가 지속적으로 일어나는 사업으로 보아야 할 것이다. 그렇다면 고객을 지속적으로 관리할 수 있는 홈페이지와 앱을 만들어 회원을 만들고 지속 관리를 해야 할 것이다.

: 수익모델

이 분야는 아직 경쟁이 거의 없는 관계로 초기 진입이 쉬워 보인다. 물류창고 업체들의 홈페이지만 보더라도 하루 이틀 정도에 간략히 만들어 전화번호만 띄우는 형태이다.
초기에는 모든 업체들을 홈페이지나 앱에 올려놓고 서비스를 진행 한 다음 나중에 유료화 시키는 방식으로 가면 좋을 것 같다.

유료화 방식은 카카오 택시와 같이 부분 유료화가 좋을 것 같은데, 기본 서비스는 무료로 진행을 하고 유료회원인 경우 창고 임대거래가 신속히 이루어지도록 하면 될 것이다.

법원 경매 공매 컨설팅

공인중개사 자격이 있다면 법원 경매, 공매를 컨설팅해주고 수수료를 받는 비즈니스

-경매라 함은 채권자의 신청에 의하여 채무자의 채무를 현금화하기 위하여 채권자의 동산 및 부동산을 처분하여 현금화한 뒤, 이를 배분하는 행위이다.   <나무 위키>
-공매란 공공기관이 주체가 되어 실시하는 경매를 말한다.

　부동산 경매란 사업으로 하지 않더라도 공부해 둔다면 재테크 적인 측면에서 상당히 도움이 될 것이다. 경매가 아무리 포화상태라 해도 시세보다는 싸기 때문에 아직도 경매, 공매는 인기다.

　경매를 직업적으로 하지 않는 이상 법원 경매를 혼자 나가서 입찰받기는 쉽지 않다. 더구나 유치권 행사 중이거나 명도를 해야 하는 물건인 경우 엄두가 안 날 것이다. 그래서 경매는 컨설턴트가 필요한데 보통 컨설턴트에게 주는 수수료는 낙찰가의 1.5% 정도이다.
컨설턴트 입자에서는 3억짜리 물건 하나만 대행해줘도 기본 진행료 50만 원에 추가로 낙찰가의 450만 원이라는 수수료가 생기기 때문에 괜찮은 직업이 아닐 수 없다.

이렇게 고객을 대동하고 경매 낙찰까지 받아 줄 정도의 실력이 되려면 어느 정도 이상의 경험이 필요하다. 또 경매 이후에 유치권이나 명도 등을 해결하기 위해서는 더 많은 법적 지식이 반드시 필요한 것이다.

그래서 경매를 좋아하는 사람은 낙찰부터 명도까지 이 모든 과정들의 문제를 깔끔하게 해결해 줄 수 있는 컨설턴트를 고정으로 거래한다. 그러므로 경매를 직업으로 하겠다고 마음을 먹었다면 악착같이 경매와 관련되는 다방면의 공부를 해 나가야 할 것이다.

또 공공기관에서 때때로 나오는 공매 물건도 다룰 줄 알아야 하고, 나중에는 NPL과 같은 부실채권도 실전에 먹힐 정도로 연마해 두면 좋을 것이다.

: 컨설턴트 자격요건

현행법상 경매대행을 할 수 있는 자는 변호사, 변무사, 중개법인 및 법원에 매수신청대리 신고를 마친 공인중개사만이 합법적으로 부동산 경매업무를 취급할 수가 있음.

하지만 바로 경매 쪽 일을 하고 싶다면 경매컨설팅회사 소속으로 일을 하면 된다. 나중에 독립하여 창업을 하려면 공인중개사 공부를 하여 합격 후 독립을 하는 방향으로 하면 될 것이다.

: 수익모델

경매 컨설팅의 수익은 기본적으로 착수금 50만 원에 낙찰금액의 1.5% 정도를 받는다고 보면 된다. 또 물건에 따라 유치권, 명도를 해결해야 하는 경우 별도 수수료를 더 청구해야 할 것이다. 유치권이나 명도 같은 것은 좀 까다로운 일들이므로 오히려 이런 일들을 잘 처리한다면 이쪽도 만만치 않은 수익이 될 것이다.

유찰이 많이 되거나 싼 물건일수록 유치권 행사나 명도를 해야 하는 경우가 많으므로 이 분야도 해결의 노하우를 쌓는다면 훌륭한 컨설턴트로 이름을 날릴 것이다.

유전자 검사란?

일반 소비자가 병원을 거치지 않고 민간 유전자 검사업체에 직접 검사를 의뢰해 유전적 질환 가능성 등을 확인할 수 있는 서비스다. 국내에서는 2016년 8월 콜레스테롤 혈당 혈압 탈모 등 12개 항목의 유전자 검사가 허용됐다.　　　[네이버 지식백과]

유전자 검사의 중요성이 대중에게 알려진 것은 2013년 허리우드 영화배우 안젤리나 졸리가 유전자 검사를 통해 유방암 걸릴 확률 87%가 나와 유방절제 수술을 하면서부터일 것이다.

안젤리나 졸리는 어머니와 이모가 유방암과 난소암으로 사망하는 가족력을 가지고 태어났는데 유전자 검사 결과를 토대로 유방절제 수술을 받아 유방암을 조기 예방하였다.

해외에서는 이렇게 민간업체에서도 유전자 검사가 가능하게 되자 한국도 규제를 풀어 2016년부터 민간업체의 일부 항목에 대해 유전자 검사를 허용하게 됨에 따라 하나의 산업으로 자리 잡게 되었다. 아직 불과 2년 밖에는 안 되었고 검사비용도 고가여서 큰 활성화는 안 되었는데 이제는 가격도 현실적인 수준으로 다운이 되고 전문딜러를 통해 모집함으로써 활성화 되게 되었다.

유전자 검사 플래너란?
국내 아미코젠 퍼시픽과 같은 유전자 검사 전문기관에서는 전문 플래너를 모집을 하고 있는데 일종의 개인사업 딜러라고 보면 된다. 유전자 검사 플래너란 의료검사를 하는 건 아니고 유전자 검사를 받을 사람을 모집하는 단계까지만 진행하는 딜러라고 보면 된다.

: 영업방식
보통 카페나 블로그를 만들어서 영업을 많이 하고 각종 게시판에도 홍보 글들이 보이곤 하는데 유전자 검사에 대한 설명이 우선이므로 카페 등을 만들어 유전자 검사가 왜 필요한지와 검사항목, 구체적인 방법, 예방항목 등에 대한 자세한 설명이 필요할 것으로 보인다.

　　최근 화두가 되고 있는 층간소음으로 인해 한해 2만 건 이상의 민원신고가 접수된다고 한다. 그래서 층간소음에 대한 법적 기준이 정해졌고 배상액까지 정해졌는데 주간인 경우 40dB, 야간인 경우 35dB를 기준으로 5dB 미만 초과 시 1년 미만 피해를 본 경우 44만 2천 원을 배상해야 하고 5~10dB 초과 시 66만 3천 원을 배상해야 한다.

참고로 40dB는 조용한 주택의 거실 정도의 소음이고 50dB는 조용한 사무실 정도의 소음이다.

　　아파트 같은 경우 최근에 짓는 아파트들은 층간소음에 대한 법적 가이드라인을 따라 건축이 되었지만 기존에는 이런 기준이 미비해서 건축비를 아끼기 위해 층간에 방음시설을 설치하지 않는 경우가 많았다. 이런 아파트에 아이들이 있는 가정이 거주할 경우 층간 소음으로 인한 분쟁이 많아질 수밖에 없기 때문에 층간 방음매트에 대한 수요가 많은 것이다.

: 층간 방음매트의 시공
층간소음방지매트는 시중에 나와 있는 것이 굉장히 다양하고 효과도 다양한데 종류별로 금액 차이도 많이 나고 두께도 2.5T, 4.5T, 6T 등 두께에 따라서도 종류가 다양하다.

층간소음방지매트를 설치한다고 해서 층간 소음이 완전히 사라지는 것은 아니고 완화된다고 봐야 한다. 그러므로 두께가 두꺼울수록, 소재가 비쌀수록 층간소음은 더 완화되는 편이다. 또 층간소음방지매트는 주로 어린이들이 사는 집에 설치하므로 소재 또한 친환경적이어야 한다. 라돈이나 환경호르몬 등이 검출되지 않아야 하는데 고객이 저가형만을 고집할 경우 제품의 질은 떨어질 수밖에 없는데 이런 환경호르몬은 신경 쓰지 않고 제작한 제품도 있음을 염두에 두어야 하므로 반드시 환경호르몬 불검출 인증을 받은 제품을 사용하는 것이 좋다.

고객이 저가형만 고집할 경우에는 이런 설명을 해 준다면 터무니없이 가격을 깎지는 않을 것이다.

: 수익성

고객들이 원하는 시공 방식은 보통 '재료비 **원 + 시공비 **원 = 견적 가격' 이런 형태를 원할 것이다. 어차피 재료는 도매가로 가져오기 때문에 30% 정도 마진이 남는다. 여기에다 시공비 15~30만 원 정도를 붙이는 방식으로 견적을 내주면 된다. 그럼 30평 기준 평균 50만 원 정도의 마진을 예상하면 된다.

또 부수입을 얻을 수 있는 방법은 요새 이슈가 되고 있는 라돈 검사라든지, 새집증후군 검사를 통해 추가적인 시공을 따 낼 수도 있다.

공기청정기 같은 경우 라돈이나 새집증후군의 원인인 포름알데히드를 제거할 수 있는 제품도 있는데 이런 제품 판매도 부수입으로 가능할 것이다.

헌 옷 방문 수거업

의류, 신발, 가방, 책, 생활용품 등을 방문 수거하여 수출업체에 넘기는 사업

-2018년 2월 방송된 채널A '서민 갑부' 166회에서는 헌 옷으로 연매출 3억 7천만 원을 올리는 *** 씨의 사연이 소개됐다. "의류 9톤 정도 나가면 약 500만 원이 들어온다"라고 밝혔다.

위와 같이 헌 옷이나 재활용품들을 방문 수거하여 수출업체에 되팔아 수익을 남기는 방문 수거업을 소개하고자 한다. 방문 수거된 옷이나 가방 등은 이를 매입해 수출하는 업체가 따로 있는데 품목별로 두꺼운 겨울옷 종류는 몽골과 같이 추운 지방에 수출을 하고 여름옷 등은 동남아시아나 나이지리아, 우간다, 케냐와 같이 더운 지방에 수출을 한다.

남들이 입던 옷을 누가 입냐고 할 텐데 얼마 전 까지만 해도 수입 구제 옷을 입던 우리나라를 생각하면 된다. 10년 전만 하더라도 미국이나 유럽, 일본 등에서 수입된 구제 옷을 파는 매장들이 꽤 있었는데, 구제 옷이라고 하면 한 마디로 남들이 입던 옷을 세탁해서 파는 옷이다.
우리의 과거 사례를 생각해 본다면 세계적으로 한류 열풍이 부는 각 나라에 구제 의류를 수출하는 것도 나쁘지 않은 아이템이다.

아마도 여기서는 헌 옷이 kg당 400원에 수거가 되지만 이 옷을 수입하는 나라에서는 꽤 비싼 금액에 팔려 나갈 것이다.

: 수입
수거한 물품의 마진은 매입단가의 2배 정도로 보면 된다.
수출업체들도 항목별로 매입단가를 달리 하고 있으므로 수출업체에 다시 넘길 때는 항목별로 각 수출업체들의 매입단가를 확인해 보는 것도 중요하다.

: 수거 항목
수거 항목별 매입단가는 아래와 같다.
헌 옷(넥타이, 모자, 속옷, 양말, 스카프, 벨트, 목도리, 장갑, 잠옷, 수건, 인형) : kg당 300원
신발(운동화, 농구화, 축구화, 아동화, 구두) : kg당 300원
가방(핸드백, 유치원 가방, 파우치, 지갑, 에코백) : kg당 300원
냄비, 프라이팬(주전자, 찜통, 수저 등) : kg당 300원
책(동화책, 소설책, 만화책, 신문지, A4용지, 잡지) : kg당 30원

- 한국의 극한직업 중 하나라고 할 수 있는 유품 정리&특수 청
소 사업
- 극한 직업만큼이나 월수입은 1천만 원을 넘길 수 있는 유품
정리 업

유품 정리 사업은 2002년부터 일본에서 최초로 시작된 사업
이다. 유품 정리 업은 고독사나 살인사건과 같이 유가족이 처리
하기 힘든 죽음에 대해 유품을 정리해 주는 업으로 죽음 현장의
청소, 가재도구의 처분 등을 주로 해 주고, 현금성 자산 등 고인
의 재산 등은 유가족에게 인계해 주는 일을 한다.
이 업을 하는 종사자들의 말에 따르면 유품 정리 업은 단순히
돈을 벌기 위해 뛰어들면 하기 힘들고 고인에 대한 예의와 엄숙
함을 필요로 한다고 한다. 육체적으로 힘든 일은 아니지만 정신
적인 측면에서 워낙 극한의 작업이다 보니 단순 돈벌이로 알고
뛰어들게 되면 힘들어져서 일을 할 수 없는 지경에 이를 수 있
다.

국내에서는 2008년부터 유품 정리 업이 생겨나기 시작해 현
재는 약 30개 업체가 사업을 진행하고 있다. 이렇게 국내에 유
품 정리 전문 업체들이 본격적으로 등장하자 지난해 1월에는 유

품 정리사들이 모여 한국 유품 정리사 협회를 설립하기도 했다.

: 비즈니스의 실행

유품 정리 사업은 복잡한 사업은 아니지만 막상 하려고 하면 준비해야 할 것은 많다.

우선은 특수 청소를 하는 방법을 알아야 하고, 유품으로 나온 폐기물은 어떻게 처리하며 사용 가능한 재활용품들은 어떻게 하며, 시작부터 끝까지 진행과정을 실행하기가 쉽지 않을 것이다. 또 홈페이지나 광고 같은 것도 초기에 준비를 해야 할 것이다.

이런 어려움들 때문에 초기에는 대리점을 통해서 사업을 시작하는 걸 권장한다. 인터넷에 보면 바이오 에코 같은 곳에서 비용을 지불하면 기술이전도 해 주고 홈페이지 분양 및 광고 방법, 특수 청소하는 법, 기타 프로세서 처리 노하우들을 전수해 준다.

지금은 유품 정리 업체들이 30곳 이상 생겨나서 프랜차이즈 형태로 모집하는 다른 곳들도 생겨날 텐데, 아무래도 최초 시작은 이런 업체들 밑에서 기술 전수를 받는 것이 스타트를 쉽게 할 수 있는 방법일 것이다.

: 유품 정리 업무

유품 정리 신청이 들어오면 현장을 방문하여 상황 파악 후 투입할 인력과 장비를 계산하여 견적을 보낸 후 유품 정리를 시작한다. 현장은 병원균 등으로 인한 감염이 되지 않도록 특수 청소를 해야 하는데 약품 소독과 해충박멸, 세균 박멸, 폐기물 처리 등의 작업이 필요하다. 특수 청소 후 현금성 자산은 상속자에게 인계하고 각종 물품들은 유족에게 넘겨준다.

특수 청소는 방호복, 방호 마스크, 초미립자 살포기, 살충제, 과산화수소 등으로 소독, 세균 박멸을 하는 방식으로 이루어진다. 특수 청소는 모든 집기를 들어내고 장판, 벽지, 인테리어 시설물 등 모든 것을 다 뜯어내고 청소한다고 보면 된다. 시신에서 배어나온 부패액이 다 스며드는 경우가 많기 때문이다. 청소를 다 마친 후에는 집안 전체의 살균제 살균, 자외선 살균, 오존 살균으로 마지막 세균까지 박멸해야 한다.

: 유품 정리비용
5평(약 17㎡)~10평(약 33㎡) 규모의 원룸 작업 비용은 200만~400만 원 수준이다.

언론사 홍보 대행업

조선, 중앙, 동아일보, 네이버, 다음 등 뉴스 기사 작성, 송출 광고대행업

인터넷 신문이나 네이버, 다음의 뉴스 기사를 보다 보면 업체명이 나오거나 링크가 걸려 있는 홍보성 기사를 본 적이 있을 것이다. 이러한 광고성 기사들은 일반 기사들과 섞여서 나오기 때문에 소비자들은 광고인 줄 모르고 기사를 보게 된다.

하지만 이런 기사 중에 상당수는 언론홍보대행사를 통한 기사성 광고이다. 이런 기사는 1회당 20-30만 원을 해당 업체가 광고비를 지불하면 기사를 써준다. 송출된 기사는 네이버, 다음, 네이트 등 포털에 노출이 되어 소비자들이 보게 되는 것이다.

이런 기사성 광고는 조선, 중앙, 동아일보 등 대형 신문사보다는 영세한 중소 언론사들이 주로 진행하는 방식이다. 대형 신문사를 제외하고 인터넷 신문사들은 마땅한 수입이 없어 사실상 운영이 힘들다. 그런 이유 때문인지 네이버, 다음 등도 그냥 눈감아 주고 송출을 해주는 상황인 것 같다. 인터넷 신문사들이 이런 기사광고 수입조차 없다고 하면 거의 대부분의 신문사는 도산을 하게 되는 처지에 놓이기 때문이다.

또 인터넷 신문사들은 꽤 많아서 이들이 쏟아내는 기사들 또한 많은데 이런 기사들이 네이버, 다음의 뉴스란을 메워주기 때문에 서로 상생의 복잡한 관계에 놓여 있는 것이다.

: 비즈니스 진행

우선 각 인터넷 신문사들과 뉴스 기사를 송출할 수 있게 광고대행 계약을 맺어야 한다. 큰 신문사 아니고는 대부분은 그냥 구두로 계약을 맺어 준다. 대형 신문사들은 그 다음에 계약을 맺던지 대형 광고 에이전시 밑에서 광고 대대행으로 물량을 넣어주면 된다.

언론홍보 수주는 주로 홈페이지를 이용하는데 기업체 대상이라고 보면 된다. 또 블로그 카페 등도 만들어서 언론홍보 수주를 받아 오면 더욱 좋다. 한번 기사광고를 내보낸 회사들은 단골로 기사를 의뢰하기 때문에 업체 관리도 중요하다.

기사광고는 워낙 효과가 좋기 때문에 업체들은 한 달에 4회, 6회 이런 식으로 주기를 정해놓고 매달 고정으로 광고 의뢰를 하기 때문에 5회, 10회 등 한 달 치를 선불로 받기도 한다. 필자의 회사 같은 경우는 언론홍보사에 6개월 치 비용 2500만 원을 한번에 입금해 주고 20% 정도를 할인받은 적도 있었다.

그러므로 초기에 자금이 부족하다면 몇 달 치를 할인을 해주고 선불로 받아서 하는 방법도 좋다.

: 기사 작성 및 송출

기사 내용은 기본적으로 써서 보내 주는 단가를 원칙으로 하며 대필이나 현직 기자들이 기사 내용을 작성할 경우 비용은 더 추가된다.

기사가 작성이 되었으면 해당 언론사에 기사를 보내주고 몇 월 며칠에 해당 기사를 송출해 달라고 하면 된다.

: 언론사별 송출 단가(네이버, 다음 송출)

-조선일보, 동아일보, 중앙일보 : 건당 30~35만 원

-세계일보, 서울신문, 경향신문 : 건당 25만 원

-한국경제, 서울경제, 머니투데이, 아시아경제 : 건당 23만 원

-스포츠서울, 일간스포츠, 스포츠조선 : 건당 22만 원

-국민일보, 연합뉴스, 한국경제 TV, MBN : 건당 20만 원

: 비즈니스 모델

- 기본 마진율은 20%~30%를 보면 된다.

- 몇 개 신문사를 패키지로 묶어서 내보낼 경우 실제 마진은 더 생긴다.

- 기사 송출뿐만 아니라 언론사의 인터넷 지면 광고를 추가로 진행할 수 있는데 보통 몇 개 신문사의 배너광고를 합쳐서 월 200만 원~300만 원 이런 식으로 가격이 형성되어 있다. 언론사 배너광고의 마진은 20% 정도를 보면 된다.

이런 언론홍보대행은 광고효과가 좋아서 지금은 포털 - 신문사 - 광고대행사 - 광고주 간에 하나의 생태계로 형성이 되어 있다.

언론홍보대행만 전문으로 해 주는 광고대행사의 경우 연간 매출이 100억 원이 넘는 곳이 있을 정도로 이 사업은 할만하다. 이 사업은 그렇게 어려운 사업도 아니어서 진입장벽이 낮은데도 불구하고 사람들이 이런 사업이 있다는 것을 잘 모르는 것 같다. 실제로 이 사업을 전문적으로 하는 광고대행사는 많지는 않

은데 기사를 매회 써야 하고, 매번 광고주 - 신문사 간에 조율도
해야 하는 등 일이 많아서 그런 면도 있다.

보통의 인터넷 광고대행업은 한 번 세팅해 놓으면 몇 달이고 그
냥 놔두고 광고 갱신만 하는 프로세서로 움직여서 사람의 인력
은 그다지 필요치 않은 장점이 있다.

판매업체&제조업체 중개업

유통업체와 제조업체(공장) 연결하는 비즈니스

제조업체들의 애로사항은 물건 제조 오더를 내려 줄 판매업체를 찾는 것이고 판매업체들은 제품을 OEM으로 제조해 줄 제조업체를 찾는 것이다. 본 비즈니스는 이와 같은 판매업체와 제조업체를 손쉽게 연결해 주는 비즈니스이다.

신문을 보니 중국 스타트업 기업 중 대박을 친 회사 중에 이런 비즈니스를 하는 업체가 있어서 본 아이템을 소개하는 바이다. 중국은 수많은 제조회사들이 있는데 이렇게 많은 제조회사들에 OEM 생산을 의뢰해 줄 기업체를 찾아서 연결해 주는 방식이다.

이런 중계를 통해서 중국의 수많은 제조업체들은 많은 일거리를 얻게 되었는데 그중에는 해외에서 제조를 의뢰한 경우도 상당수가 된다.

예를 들어 요즘 잘 나가는 마스크 팩을 새롭게 기획하여 제품을 생산하여 판매하려고 하는데 기존 제조공장은 물량을 소화하지 못하여 새로운 제조공장을 찾아야 하는데 여기에 대한 정보를 전문적으로 제공해 주는 곳은 없다. 그러므로 각종 수소문을 통해서 제조회사를 찾아내야 하는 것이 현실이다.

또 베트남이나 말레이시아와 같이 인건비나 재료비가 싸서 제조원가를 낮출 수 있는 제조공장도 찾기가 힘든데 이런 제조공장들을 연결할 수 있는 플랫폼이 있다면 좋을 것이다.

또 이 방식은 제조업체와 소매업체 간에 직거래도 연결이 가능
하다.
한국의 유통구조를 보면 일반적으로 아래 구조를 가진다.
제조회사 – 총판 – 도매 – 소매 단계
제조회사 – 대형마트
제조회사 – 수출회사 – 해외 총판 – 도매 – 소매
이 방식은 어떻게 보면 지금까지 가장 효율적인 유통구조였다.
하지만 유통 소매점과 제조회사를 직거래하는 시스템이 구축이
된다면 그만큼 마진의 폭이 커질 수 있어 양사 간에 이익이 될
수 있다.

옷이나 액세서리의 경우 제조부터 유통까지의 경로를 보면
제조 – 도매 – 소매와 같은 경로를 거친다. 필자도 옷이나 액세
서리 소매를 온, 오프라인으로 해 본 적이 있는데 소매를 하다
보니 물건을 도매상을 거치지 않고 직접 제조회사에서 떼어다
가 팔고 싶어졌다. 그렇게 하면 보다 싼 가격에 제품을 공급받
아 소매를 할 수 있으므로 많은 마진을 남길 수 있겠다는 생각
에서였다.
하지만 쉽게 찾을 수 있을 것 같았던 제조 공장들은 꽁꽁 숨겨
져 있어서 찾기가 너무 힘들었다. 제조업체의 특성인 것 같은데
보통의 제조업체들은 세상에 나서기를 꺼려한다는 생각이 들
정도로 제조업체들의 정보는 아무리 인터넷을 찾아봐도 없었

다.

하지만 찾게 된 경로는 구인구직사이트였는데 제아무리 숨겨져 있는 제조업체라도 일할 사람은 뽑아야 했기에 구인구직사이트를 통해 노출은 될 수밖에 없었나 보다.

그래서 본 아이템은 제조업체들의 이와 같은 어려움 때문에 유통업체와 연결할 수 있는 채널을 인터넷으로 오픈해 보자는 것이다.

선불 폰 사용자 수는 2017년 기준 350만 명 정도를 넘어서고 있어서 관련 산업도 꽤 많은 매출을 올리고 있다. 선불 폰 개통 사업은 알뜰 폰(MVNO) 사업자들이 주로 하고 있는데 상대적으로 대리점을 내기가 쉽다. 보통 이동통신사 대리점을 내려면 수도권 같은 경우 5억 원 이상이 있어야 사업이 가능한데 선불 폰 대리점 사업은 태블릿 PC 한 대만 있으면 사업이 가능하므로 무자본, 소자본으로 사업이 가능한 것이다.

사업 설명을 하기 전에 선불 폰에 관해 잠시 설명하자면 아래와 같다.

- 선불 폰이란
후불제 휴대폰이 아닌 통화요금을 미리 충전해 놓고 금액만큼 통화나 데이터를 사용하는 통신서비스로 금액이 다 소진되더라도 전화 수신은 가능하다.
보통은 유심을 개통하여 본인의 휴대폰이나 중고 폰을 구매해서 유심을 꽂아 사용한다.
유심방식이 아닌 2G 폰 같은 경우 휴대폰 자체를 개통하는 방식으로 해야 한다.

- 선불 유심이란

유심을 통신사에서 빌리거나 구매해서 자신의 폰에 장착만 해서 쓰는 상품으로 해외 거주자가 한국에 왔을 때 사용하기 적합한 상품이다. 공항이나 편의점 등에서도 구매 가능하다.

보통 데이터 전용 유심의 경우 별도의 신분증을 요구하지 않지만, 음성통화 기능이 부착된 유심에 한해서는 신분증을 요구한다.

: 선불 폰 대리점을 개설하려면

선불 폰은 주로 알뜰 폰 사업자들이 시스템을 만들어 대리점을 내 주고 있는데 국내에는 앤 텔레콤, 아이즈 모바일 등이 주도적으로 대리점을 내주고 있다.

대리점 개설 조건은 크게 까다롭지 않은데 기존 휴대폰 매장, 중고 폰 매장, 마트, 게스트하우스, 샵인 샵 개념의 기존 점포, 기타 사무실 등 개통할 장소만 있으면 가능하다.

: 비즈니스 진행

대리점을 개설하였다면 바로 사업이 가능한데, 고객이 선불 폰 개통을 원하면 선불 폰 용 유심을 개통하여 판매하면 된다. 또 핸드폰이 없을 경우는 중고 폰에 개통시켜 판매하면 된다.

이럴 경우 중고 폰 판매 수익까지 가져갈 수 있어서 좋다.

선불 폰 대리점은 핸드폰 판매 수익, 선불요금 충전 수익, 선불 폰 개통 수익, 개통 후 해지 시까지 사용한 요금에 대한 수익 등 다양한 수익을 가져갈 수 있다.

죽이는 무자본 창업아이템 72가지

: 선불 폰 사용대상

- 외국인

- 여행객

- 신용불량자, 파산 및 개인회생

- 통신사 요금 미납자, 연체자

- 여행객, 외국인

- 자녀들

- 전화 잘 안 쓰는 부모님

: 대리점 수익구조

- 중고 폰 판매 수익 : 선불 폰은 대부분 중고 폰 구입과 충전을 동시에 하므로 중고 폰 판매 수익을 거둘 수 있다.

- 개통 건당 : 3만 원, 이통사 개통 시 개통 수수료 3만 원을 받을 수 있다.

- 충전 시 충전금액의 20%

- 개통 후 이용 수수료의 8~12%

(일반 이통사 대리점은 통화 이용금액의 7%~9%를 60개월 동안 받지만 선불 폰은 고객이 해지하기 전까지 무기한으로 통화 요금의 8~12%를 받을 수 있음)

한국에서의 중고차 수출은 해외로 직접 거래처를 뚫고 바이어를 섭외하고 하는 방식의 수출이 아니라 해외 바이어들이 한국의 인천에 모여 있는 중고차 수출전시장에 와서 구매를 해 가는 방식으로 형성되어 있다.

중고차 수출상사도 큰 규모가 아니어서 직원 몇 명을 두고 넓은 전시공간을 몇 명의 사업자들이 함께 빌려서 운영하는 경우가 태반이다. 중고차 수출 거래도 바로 현장에서 사려고 하는 차량을 찍고 현금을 주고 거래하는 하는 경우가 많다. 그냥 시장에서 중고차를 현금 주고 판매하는 방식이라고 보면 된다.

중고차를 전시장에 놓고 판매하기 위해서는 중고차를 매입해 오는 사람이 필요한데 이를 수출 딜러라고 한다. 중고차 수출 딜러들은 중고차 매입을 주로 하는 딜러로 보면 되는데 매입을 하기 위해 여러 가지 루트를 통하게 되는데 벼룩신문 같은 곳이 중고차 매입 광고를 내기도 하고 신차 딜러로부터 교환 차량을 인수하기도 하고 인터넷 등을 통해 중고차를 매 입도하고 폐차장 같은 곳에서도 쓸 만한 중고차를 수리하여 매입하기도 한다.

어차피 인천의 중고차 수출전시장에는 해외 바이어들이 중고차를 사러 오기 때문에 팔 물건만 많이 확보해 두면 성공하는 사업이기 때문에 중고차 매입을 얼마나 하느냐가 사업의 성패가 달렸다고 볼 수 있겠다.

보통 수출 딜러들은 어느 정도 경력을 쌓고 독립하여 무역업을 등록하여 수출상사를 차려 독립을 하는 게 일반적인데 수출 딜러를 하면서 웬만한 업무는 현장에서 다 배우기 때문에 가능하다. 만일 자동차 수출이 해외에 나가 바이어를 만나 계약을 하고 하는 복잡한 단계를 거쳤다면 딜러들이 직접 창업하기는 매우 힘들었을 것이다.

수출 딜러들은 바로 창업하기 전에 자본금 1-2천만 원을 들여 직접 중고차를 매입해 전시장에 자신의 차량을 전시해 놓고 판매하는 걸 병행하게 되는데 이렇게 하면서 경험을 쌓아 나중에는 직접 수출상사를 차려서 독립을 한다.

또 요새는 수출 딜러들이 중고차 딜러들한테 중고차를 구매하지 않고 인터넷 광고 등을 통해 직접 매입하는 사례들이 늘고 있다. 특히 오**이라는 중고차 수출상사 같은 경우는 앱 등을 활용해 중고차를 대량으로 매입해 나가고 있다. 중고차 딜러를 통하는 것보다 수출상사가 직접 고객들에게 중고차를 매입하게 되면 중간 마진도 줄어들어 훨씬 많은 마진을 남기고 차를 매각할 수가 있다.

수출 딜러들도 카페나 블로그 등과 제휴를 통해 매입 차량을 다수 확보한다면 보다 많은 이윤을 얻을 수 있으리라 본다. 또 수출 딜러들은 여러 폐차장들과 긴밀한 거래를 통해 사용 가능한 차량을 확보해 나가기도 한다. 폐차 들어온 차량 중에 조금만 수리를 하면 정상 운행이 가능한 차량도 많으므로 이런 경우 득템을 할 수도 있는 것이다.

폐차를 진행해 주고 대당 이익을 남기는 비즈니스 구조

1년 폐차 대수는 70만 대 수준으로 해외에서는 폐차 사업 자체가 매우 큰 비즈니스로 성장해 있는데 여기에서는 폐차 비즈니스를 크게 폐차장 사업과 폐차 딜러 두 가지로 분류해서 설명해 보려 한다. 최근에는 대기업에서 폐차 사업에 뛰어들려고 하고 있어 폐차협회에서 저지하고 있는데 폐차 사업이 돈이 돼서 뛰어든다기보다 폐차 사업을 통해 중고차 수출, 중고부품의 제대로 된 활용 등 폐차 사업을 개선하면 발전 가능성이 크기 때문이다. 아직도 한국은 폐차 사업이 고물상 정도로 간주되어 많은 자원들이 그냥 고철로 낭비되고 있는 실정이다.

"폐차"란 사고나 고장, 노후 등 기타 이유로 더 이상 차량을 보유할 이유가 없게 된 경우 그 존재를 말소하기 위해 폐차 절차를 밟아야 하는데 자동차를 해체하여 국토교통 부령으로 정하는 자동차의 장치를 그 성능을 유지할 수 없도록 압축·파쇄(파쇄) 또는 절단하거나 자동차를 해체하지 아니하고 바로 압축·파쇄하는 것을 말한다. 자동차 관리법 2015.08.11 [법률 제13486호, 시행 2015.08.11] 2조 5항[나무 위키백과]

폐차라고 하면 단순히 차를 버리는 것이 아니라 법률상 절차를 밟아야만 폐차가 가능하므로 이를 대행해 주는 곳이 폐차장이다.

폐차하면 흔히들 돈을 내고 폐차를 한다고 생각하지만 오히려 고객에게 30-40만 원가량의 폐차비를 준다. 폐차를 하려면 과태료, 세금, 압류사항이 없어야 바로 폐차와 말소가 가능한데 폐차 딜러를 하려면 이런 서류처리 업무를 알아야 한다.

: 폐차 절차
폐차신청 - 원부 조회 - 무료 견인 - 원부 확인 - 말소 대행 - 말소증 발급

폐차 절차를 위와 같은데 과태료, 압류, 저당이 차량에 있어 말소가 어려운 경우가 있는데 해당 비용 납부를 진행하여야 한다. 이런 부분을 대신 진행해 주고, 나중에 폐차 비용에서 차감하기도 한다.

: 폐차 종류
폐차 종류는 편의상 2가지로 나누는데 일반 폐차와 압류 폐차이다.
일반 폐차는 차량에 납부할 과태료, 압류가 없어 당일 말소가 가능한 차량으로 하루 만에 깔끔하게 말소까지 완료가 된다.
압류(차령) 폐차는 과태료, 압류가 많아 당장에 납부하시기 힘든 경우에 진행되며 말소까지 평균 30일 정도가 소요된다.

: 폐차장의 수익모델

한 해에 폐차되는 자동차 수는 90만 대를 넘어서고 있다. 보통 중간 정도의 폐차장에서 한 달 동안 폐차하는 규모는 1천대 정도인데 대당 폐차장의 수익은 10-20만 원 선을 보면 된다. 여기서 인건비, 임차료 비용들을 제하면 순 마진이 된다.

폐차가 들어오면 보통 3가지 정도의 수익모델을 기대할 수 있다.

첫째, 해외로 중고차 판매

폐차로 들어온 차 중 멀쩡한 차들도 많은데 중고차로 운행이 가능한 차는 해외로 중고차로 판매를 한다. 또 조금만 수리하면 운행이 가능한 차도 기존 부품을 갈아 끼워서 해외로 판매한다.

둘째, 쓸 만한 부품을 다 떼어다가 중고로 판매

연식이 아주 오래되지 않은 이상 대다수의 부품은 중고로 판매가 가능하다. 타이어부터 엔진 등등 재활용이 가능한 부품들은 다 떼어다가 재활용을 하게 된다. 보통 국내 폐차부품의 85% 정도가 재활용이 가능하다고 한다. 특히 해외 등지에 중고 부품으로 많이 팔린다.

셋째, 고철로 판매

폐차 중에 전혀 사용할 수 없는 차는 그냥 고철로 kg당 얼마 이런 식으로 넘긴다.

: 폐차 딜러

폐차 딜러란 폐차장과 계약을 맺고 폐차들을 섭외하여 폐차부터 말소 과정까지를 처리해 주고 수익을 가져가는 딜러를 말한다. 보통 차량 한 대를 폐차 대행해 주고 20-30만 원 정도의 수수료를 가져갈 수 있다. 폐차장에서는 이와 같은 폐차 딜러들을 많이 모집하여 영업을 하고 있으므로 폐차 딜러의 수만큼 폐차장의 흥망성쇠도 판가름이 날 정도이다.

폐차 딜러를 하려면 우선 견인차 한 대 정도는 가지고 있어야 업무처리가 가능하다. 폐차를 한다고 연락이 오면 차를 견인해 가야 하기 때문이다. 그리고 말소 대행까지 폐차 딜러가 대행해 주는 것이 일반적이므로 관련 서류업무를 숙지하고 있어야 한다.

폐차장을 차리려는 사람 중에 전 단계로 폐차 딜러를 해 볼 수가 있는데 폐차 딜러를 하면서 1-2년 이상의 경력을 쌓고 거래처 등도 확보한 다음 본격적으로 폐차장 사업을 할 수 있을 것이다.

상품권 할인 가게

상품권을 매입하고 판매하면서 중간 마진 1% 정도를 가져간다.

보통 상품권 가게들을 보면 5평~10평 정도로 작은 매장을 가진 업체가 연상이 될 것이다. 하지만 실상을 보면 생각보다 큰 자금이 오고 가는데 놀라지 않을 수 없다. 여기에는 그럴만한 이유가 있는데 어떻게 보면 비자금 등과도 연관도 있고, 기업체 같은 경우 상품권 깡을 하기도 하는 등 상품권 업계는 굉장히 복잡한 메커니즘으로 움직이고 있다.

그래서인지 상품권 사업으로 성공을 했다든지, 실패를 했다든지 하는 얘기를 듣기 힘든데 외부에 노출하기를 꺼리기 때문이다.

: 상품권 시세

상품권 팔고 사고는 어떤 메커니즘으로 움직이는지를 먼저 알아보겠다.

백화점 상품권(신세계, 롯데 등) : 정가 10만 원 ┃ 살 때 95,000원 ┃ 팔 때 96,000원

주유상품권 : 정가 1만 원 ┃ 살 때 9,700원 ┃ 팔 때 9,800원

문화상품권 : 정가 10만 원 ┃ 살 때 92,000원 ┃ 팔 때 93,000원

상품권은 위와 같은 일별 매매 시세가 있어서 시시각각 금액이 변한다. 상품권 사업의 수익모델은 위와 같이 시세 차익이다. 보통 10만 원짜리 백화점 상품권을 상품권 할인매장에서 구매를 하면 4% 정도 할인된 가격에 구매할 수 있다. 그러므로 수요가 많은 것이다. 또 상품권을 매입할 때는 5% 정도 할인된 95,000원 정도에 매입을 해 온다.

그렇다면 10만 원짜리 하나를 팔아봐야 1천 원이 남는데 어떻게 돈을 벌 수 있는 걸까? 바로 대량 거래 때문이다. 대량거래는 아무래도 기업체 대상이 되어야 대량거래가 가능한데 여기에는 여러 가지 이유가 있다.

예를 들면 법인 대표가 자금이 부족하여 신용카드로 상품권을 구매하여 되팔아 급한 자금을 융통하는 경우도 있고, 기업체에서 리베이트 자금을 조성하기 위해서 구매할 수도 있고 명절 선물을 대량으로 구매해야 하는 경우 상품권으로 먼저 환전 후 구매를 한다면 4~5% 정도 싸게 구매할 수도 있다. 이런 여러 가지 사용 용도가 있어서 인지 상품권 업계는 하나의 생태계처럼 시장 형성이 되어 있다.

상품권 업체 중에 하루 억 단위 이상 돌아가는 업체들은 인터넷으로 영업을 하는데 상품권 쇼핑몰 형태로 구성을 하여 판매를 한다. 인터넷으로 상품권을 구매하는 고객 같은 경우 배송비가 2,500원 정도 들므로 수량을 어느 정도 이상 많이 사는 경우가 많다. 안 그러면 배송비도 못 뽑기 때문이다.

거리를 가다 보면 구둣방 같은 곳에서 상품권 매입, 판매 표지를 본 적이 있을 것이다. 이들은 정식 상품권 상점은 아니고 그냥 낱장 형태로 상품권 상점 등에서 공급받아 판매를 하는 곳이다. 물론 상품권 상점에서 일정 수수료를 뗀다. 상품권 상점 입장에서 보면 이들은 상품권 딜러인 것이다. 딜러들을 많이 고용할수록 거래량도 늘어서 상품권을 대량으로 매입해 올 때 좀 더 싸게 해 올 수가 있기 때문에 물량을 많이 늘리기 위해서는 이와 같은 딜러 상점들이 많이 필요하다.

: 상품권 가게 창업

상품권 가게를 창업하려면 최소자본 5천만 원 이상은 있어야 한다. 인터넷 상에 상품권 점포들이 매물로 나온 걸 보면 인수 자금 5천만 원 정도 되는 걸 보면 거래처, 권리금 등을 지불해야 하므로 최소자본 5천만 원 이상은 있어야 어느 정도 기반 위에서 사업을 시작할 수 있을 것이다. 그렇지 않고 처음부터 맨땅에 헤딩하듯이 창업을 하다가는 거래처를 확보하는데 상당한 시간이 걸릴 것이기 때문이다.

또 상품권 거래는 몇 천만 원 단위도 많고, 직접 출장을 가서 매입해 오는 경우도 있기 때문에 현금 분실이나 횡령의 위험도 많으므로 직원은 주로 친한 사람이나 친척 등을 쓴다고 한다. 아무래도 현금을 몇 천만 원, 몇 억 원 단위로 만져야 하므로 보안 부분도 철저히 해야 하는데 이런 부분이 이 사업의 단점이라면 단점이라고 할 수 있겠다.

또 몇 천만 원 단위로 거래하는 기업체 같은 데서 세무조사를 받았을 때 연락이 와서 거래내역을 받아 갈 수도 있으므로 거업체에 대한 개인정보 부분은 오래 가지고 있으면 좋지 않은 사건에 휘말릴 수 있으므로 개인정보 부분을 조심해야 기업체들과 오래 거래를 할 수 있을 것이다.

여행사 개인대리점

여행사는 개인사업자로 소자본으로도 창업이 가능

　　여행사 창업은 여행을 좋아하는 여성분들이라면 한 번 해볼 만한 사업이다. 소규모 여행사가 보통 수익률이 저조하긴 하지만 꼭 그렇지도 않은데 여기서는 여행사로도 대박을 칠 수 있는 방법을 소개하려 한다.

　　일단 여행사를 하려면 관련 분야에서 1-2년이라도 종사하는 것이 좋은데 여행업이라는 것이 항공권도 발권해야 하고 이것 저것 복잡한 일들이 많기 때문이다. 수익에 비해서 일이 복잡한 것이 여행업이라고 할 수 있겠다.

여행업을 개인사업자로 하는 것은 처음에는 좀 어려운 일들이 많을 것인데, 모객부터 여행에 대한 전반적인 지식, 항공권 발권, 현지 가이드를 하는 등 만능 엔터테이너가 돼서 활동해야 하기 때문이다. 그만큼 젊은 여성분들한테 어느 정도 어울리는 사업이라고 봐진다.

　　우선 여행사를 차리려면 설립요건을 갖추고 사업자등록을 해야 한다.

: 여행사 사업자등록 절차

-설립절차
사무실 확보 => 구청에 관광사업 등록 => 세무서에 사업자등록
=> 보증보험 가입 => 통신판매 신고
-자본금
국내여행업: 국내를 여행하는 내국인 대상 여행업 | 자본금 1천
5백만 원 이상
국외여행업: 국외를 여행하는 내국인 대상 여행업 | 자본금 3천
만 원 이상

　실제 자본금이 이 정도 있어야 하는 건 아니다. 통장에 하루
동안 자본금 증빙만 하면 되므로 누구한테 빌려도 상관없다. 여
행사 사업자등록증 발급은 업무를 대행해 주는 곳도 있으므로
어렵지 않게 사업자등록은 발급이 가능하다.

　여행사를 시작하려면 우선 사업 방향을 잡아야 하는데 모두
투어나 하나투어 등의 대리점을 낼 것인지, 아니면 랜드사와 조
인하여 직접 여행사를 차릴 것인지를 결정해야 한다.
하나투어나 모두투어 등 홀세일 업체의 대리점으로 들어가게
되면 업무는 체계가 잡혀 있어서 편하지만 마진율이 5~6% 정
도밖에 되지 않는 단점이 있다. 대신 브랜드를 사용할 수 있기
때문에 모객은 좀 더 쉬운 장점이 있다.
두 번째는 국내에 들어와 있는 해외여행 랜드사와 조인하여 그

쪽 상품만 집중적으로 판매하는 방식이 있는데 이건 마진율이 10~15%도 받을 수 있어 좋지만 브랜드가 있는 건 아니라서 모객은 조금 힘든 점이 있다.

필자도 1년 정도 여행사를 차려서 운영해 본 적이 있는데 모객은 좀 쉬운 편이었다. 당사의 일부 회원들 대상으로 메일을 보내본 적이 있는데 순식간에 300명 이상이 견적 신청을 하여 여행상품에 대한 고객 반응이 좋다는 것을 알았다. 여행에 대한 블로그나 SNS, 카페 등을 운영하면서 여행사를 하되 1개 대륙 정도만 전문적으로 하는 것을 추천하고 싶다.

예를 들어 동남아시아 전문이라든지, 중국 전문, 호주 전문, 북미 전문, 유럽 전문 이런 식으로 말이다. 왜냐하면 이렇게 지역 전문으로 해서 몇 개 랜드사만 조인해서 운영하면 마진율도 15% 대는 받을 수 있고 업무도 복잡하지 않기 때문이다. 어차피 아무리 좋아하는 여행전문가라고 해도 전 세계 모든 도시에 대해 설명할 순 없다. 그렇게 하면 전문성도 떨어질뿐더러 고객이 신뢰하지 않을 것이다.

반면 동남아시아를 전문으로 하면서 몇 개국만 한정으로 해서 랜드사와 조인해서 여행사를 운영한다면 업무도 편할뿐더러 전문성도 지닐 수 있어서 좋다.

: 마진 구조

여행사 대리점으로 운영할 경우 : 5%~6% 정도

랜드사와 직거래의 경우 : 10~15% 정도

크루즈, 유로 레일 등 특정 상품 : 20% 정도

: 큰 수익을 거두려면 기업체 인센티브 투어 위주로

인센티브 여행이란 기업체나 단체에서 실적이 우수한 개인들에게 여행의 기회를 제공한다는 뜻이다. 기업, 단체가 그 비용을 부담하기 때문에 일반여행에 비해 더 고부가가치의 관광산업이라고 할 수 있다.

여행업으로 큰 매출을 거두려면 아무래도 기업체를 상대하는 것이 좋다. 기업체별로 단체여행 같은 경우 한 번에 몇 천만 원 이상의 매출을 올릴 수 있다. 또 가이드로 따라가서 공짜 여행도 즐길 수 있어 좋다. 여행사를 하다 보면 가이드 동행을 해 줄 수 있는지를 의뢰받는 경우가 많은데 이럴 경우 가이드 경비는 그쪽에서 부담하므로 공짜 여행을 즐길 수가 있는 것이다.

개인을 상대로 몇 십만 원짜리 여행을 계속 처리하다 보면 본인의 인건비도 안 빠지는 경우가 허다하므로 이런 고부가가치 여행 쪽으로 방향을 잡는 것이 좋다.

택배 대리점

집하와 배송이 있으며 최근 배송은 지입 형태로 운영되어 리스트를 최소화

-저는 나이는 33살인데 택배 영업소를 운영하고 있고, 순수익은 월평균 ***정도 보시면 됩니다. 지역은 경북 쪽이고 이놈을 ***원에 매매하려고 합니다.
-CJ대한통운 1인 대리점 매각합니다. 월수입 200-300 정도 됩니다. 토, 일, 국경일 쉽니다.
현재 집하만 운영하고 있는데 배송 집하 둘 다 하시려면 소개 가능합니다.

위는 구글에 올라와 있는 택배영업소를 권리금 받고 매각한다는 공고가 올라와 있는 내용을 발췌한 것이다. 택배 대리점은 보증금 500만 원에 사무실 정도의 완전 소자본으로도 차릴 수 있지만 보통 기존에 어느 정도 운영하고 있는 택배 대리점을 권리금을 주고 인수하는 방식을 더 권한다. CJ대한통운회사에서는 택배 대리점들을 계속 모집하고 있기는 하지만 처음부터 시작하는 것보다는 운영되고 있는 곳을 인수한다면 보다 빨리 기반을 잡을 수 있을 것이다.

이건 마치 장사를 할 때 권리금이 아예 없는 가게를 인수해 고생하는 것보다 어느 정도 권리금이 있는 곳을 인수하는 것이 장사가 훨씬 잘되는 것과 같은 이치이다. 이런 권리금은 어차피 다시 재 매각했을 때는 더 많이 받을 수 있기 때문에 권리금을

죽이는 **무자본** *창업아이템* *72가지*

주고 들어가는 것이 보다 빨리 성공하실 수 있을 겁니다. 물론 자본금이 없을 경우 처음부터 택배 사무실 차려서 하나하나 쌓아 가는 것도 괜찮을 것이다.

그럼 택배사업을 논하기 전에 택배의 흐름도를 먼저 이해가 선행되어야 할 텐데 택배 집하부터 배송까지의 흐름도는 아래와 같다.

: 택배의 흐름도
택배 집하(고객으로부터 택배 물건 인수) -> 택배 대리점 -> 지역 집배송센터 -> HUB 터미널 -> 지역 SUB터미널 -> 택배 대리점 -> 고객 배달

: 운영과 수익모델
보통의 택배 대리점의 경우 관리자 1명, 여직원 1명, 택배 지입기사 7~10명 정도로 구성이 된다. 서울지역 보통 택배 영업소의 경우 택배량에 따라 다르겠지만 본사에서 영업소에 내려오는 월 수수료가 3,000~4,500만 원이며 지입기사 수수료가 약 2,000~2,500만 원 지출되며 나머지 300~400만 원은 직원/아르바이트비로 지출된다.
사실 택배 대리점이 사업이 잘 된다고 해서 큰 확장성이 있는 것도 아니기 때문에 큰 돈벌이는 안 된다. 대신 택배 물량에 따라 택배 지입기사의 수수료를 지급하는 형태이기 때문에 안정적으로 운영을 할 수 있는 것이 장점이긴 하다.

사실 이 아이템은 몇 번인가 뺄까 말까를 고민했으나 이런 사업도 있구나 하고 소개 차원에서 넣는 것이 좋을 것 같아 일단 넣어 보았다. 또 택배업을 체질적으로 좋아하는 분들도 있을 수 있고, 운동은 진짜 많이 하게 되어 건강해지는 것도 있다.

예전에는 택배영업소로 월 1천만 원 이상 버는 곳도 많았으나 시간이 지날수록 택배 단가도 내려가고 해서 크게 하지 않는 이상 큰 돈벌이는 힘들어 보이긴 한다.

경증장애인이나 65세 이상 노인 분들을 활용한 지하철 택배&퀵서비스 아이템으로 실제로 괜찮은 수익을 올리는 분야인데 이를 아는 사람은 많지 않을 것이다. 필자가 이 아이템을 접하게 된 건 사촌형님이 뇌출혈로 장애인 판정을 받은 후 일자리를 찾다가 장애인 지하철 택배 일을 하고 난 후부터이다.

사촌형님이 일을 하다가 알게 된 것은 사업주는 지하철 택배업으로 장애인을 고용하여 정부에서 지원금도 받고 수익이 꽤 괜찮은, 거저먹기 식 사업이었던 것이다. 나중에는 사촌형님이 직접 차리려고 했는데 차렸는지는 모르겠다.

보통 사업장에서 장애인이나 65세 이상 노인을 고용하면 정부에서 고용지원금이 매월 또는 분기별로 나온다. 요새는 65세 이상 분들은 노인이라 칭하기도 뭐한데 65세 이상이면서 청년들처럼 활동하는 분들도 꽤 많기 때문에 노인이라는 단어를 이제는 75세 이상으로 올려야 할 것 같은데 이해를 돕기 위해 여기서는 편의상 노인이라고 칭하겠다.

: 지하철 택배 요금&지역

지역 : 지하철 택배의 지역은 서울 지역부터 인천, 안산, 일산, 의정부 등 지하철로 연결되어 있는 경기 일부 지역까지 배송이

가능하다.

비용 : 비용은 서울 가까운 지역은 7천 원~1만 원이며 경기도 지역까지 넘어갈 경우 25,000원까지 받는 지역도 있다. 예를 들어 강남 지역에서 종로나 마포구까지는 7천 원 정도이며 강남에서 일산이나 의정부까지는 17,000원 정도의 비용을 받는다.

: 지하철 택배의 장점
지하철 택배의 경쟁 상대는 퀵서비스라고 할 수 있는데 오토바이 퀵서비스가 좀 더 빠르기는 하겠지만 단가의 차이는 1.5~2배 정도의 차이를 보인다.
예를 들어 지하철 택배로 강남 => 은평까지 7,000원인데 퀵서비스는 14,000원을 받는다. 그러므로 아주 빠른 배송이 아닌 1시간 정도 더 늦게 배송이 돼도 상관이 없는 업종에서는 지하철 택배가 경쟁력이 있는 것이다.
실제 지하철 택배가 느린 이유는 아직 대리운전과 같이 전산화가 이루어지지 않은데 이유가 있는 것 같다. 퀵서비스 같은 경우 가까운 퀵 배송사원이 즉시 오더를 받고 출동하지만 지하철 택배의 경우 주문량도 많지 않고 퀵서비스 시스템과 같이 전산화가 안 되어 있어 수작업으로 오더를 내려서 사무실에서 배달사원이 출동을 하는 경우도 많아서인 것 같다.
하지만 이런 시스템은 누군가에 의해 전산화가 이루어질 것이므로 지하철 택배의 성장성은 높아 보인다.

:수익구조

지하철 택배의 경우 수익구조가 좋은 점이 장점이다. 우선 장애인 고용 시 정부에서 30-40만 원씩 매월 고용지원금이 나온다. 또 60세 이상 노인을 고용할 경우 분기마다 24~30만 원의 고용지원금이 나온다.

또 지하철 택배회사가 경증장애인이나 65세 이상 노인을 고용하는 이유는 지하철 운임이 무료이기 때문이다. 하루 종일 지하철을 타고 다녀도 원가가 들지 않기 때문에 그만큼 경쟁력이 있는 것이다. 오토바이 퀵서비스를 하려면 오토바이도 있어야 하고, 휘발유 값, 보험, 사고의 위험 등의 요인에서 비용이 많이 나간다. 실제 사고도 굉장히 빈번하므로 이 비용도 무시할 수 없는 것이다.

:확장성

지하철 택배업은 앱으로 확장이 가능하다. 지하철 택배로 어느 정도 자리가 잡혔다면 대리운전 앱과 비슷한 형태로 지하철 택배 앱을 개발해서 연결하면 효과적일 것이다. 보통 지하철 택배 같은 경우 수수료를 30% 정도나 받으므로 앱을 개발하여 연결한다면 꽤 많은 수익을 거둘 것으로 보인다. 보통 1건당 7,000~9,000원으로 잡고 하루 150건만 주문이 들어와도 월 1천만 원의 수익을 벌 수 있다는 결론이다. 하루 1천 건 주문을 소화한다면 한 달에 몇 천만 원의 수수료 마진이 생길 수도 있겠다.

데이터 복구 센터

복구 프로그램으로 컴퓨터, 휴대폰 데이터 복구하는 비즈니스

데이터 복구라고 하면 굉장히 전문적인 분야 같지만 그렇지도 않다. 컴퓨터를 어느 정도 다룰 줄 알고 컴퓨터 하드웨어 쪽에 지식이 조금 있으면 창업할 수 있는 분야이다. 데이터 복구는 현재 복구 솔루션, 프로그램들이 워낙 좋은 것들이 많이 나와 있기 때문에 과거와 같이 노가다 성으로 복구를 하지 않는다. 전문적인 솔루션을 가지고 복구가 이루어지는 것이다.

데이터 복구 분야는 PC 분야(HDD, SDD), USB, 휴대폰, MAC 등으로 크게 나눌 수 있겠다.PC 분야의 저장장치는 HDD 하드디스크 방식과 SDD 반도체 메모리 방식이 있다. 비용은 하드디스크 방식보다 SDD 방식이 조금 비싼데 그만큼 복구 솔루션 비용도 비싸기 때문이다. 하드디스크 방식의 복구비용은 소프트웨어적인 손상일 경우 5~10만 원을 받지만 하드웨어적인 손상(베드, 인식 불가 등)일 경우 비용이 20-30만 원대로 올라간다. SDD 방식도 소프트웨어적인 손상일 경우 10~20만 원의 비용이 들지만 하드웨어적인 손상일 경우 30-40만 원대로 뛴다.

휴대폰의 경우 단순 동영상, 사진, 전화번호부 등의 복구비용은 10-20만 원선이지만 모바일 포렌식이라고 해서 문자 내용, 카카오톡 내용 등 개인정보에 관한 복구는 30만 원 이상을 받는다. 디지털 포렌식의 경우 경찰서 등 증거자료로도 제출 용도로 복구 의뢰가 들어오므로 감정 후 감정서까지 첨부해 준다면

20~40만 원을 더 받을 수 있다.

:데이터 복구 센터의 장점
-마진율이 좋다. 물론 100% 마진은 아니고 90% 마진 정도라고 보면 된다. 복구 장비나 복구 프로그램이 고가인 경우 건당 얼마씩 렌탈료를 지불하고 복구를 하기 때문이다. 복구 프로그램이 몇 백만 원씩 하는 경우도 있으므로 구매하지 않고 회당 몇만 원 이런 식으로 비용을 지불하고 복구 프로그램을 사용하면 된다.

-소규모로 10평 이내, 사람도 다니지 않는 월세가 저렴한 곳에 사무실이나 점포를 내면 된다. 어차피 인터넷을 보고 찾아오기 때문에 유동인구가 많은 곳에 점포를 낼 필요가 없다.
-하루에 2~3건은 처리할 수 있으므로 월수입 1천만 원 정도도 벌 수 있다. 건당 비용이 10-30만 원 정도의 고가이므로 하루 2~3건 정도만 처리해도 월 수익 1천만 원은 가볍게 넘길 수 있다.

-경쟁이 치열하지 않다. 전국에 데이터 복구 센터들이 그다지 많지 않고 기술적으로 어렵다고 선입견을 가지고 있기 때문에 창업자들이 그다지 많이 진출을 하지 않는 분야이기도 하다.
-확장성이 있다. 처음에는 소규모로 시작하지만 큰 회사로 키울 수가 있다. 하루 복구 건수가 10건만 된다 해도 1년이면 2천 건인데 연 수익으로 보면 2억~5억 정도를 벌어들일 수 있다. 이

때부터는 직원들을 교육시켜서 두고 광고 마케팅 분야를 더 신경 쓰면 점포 수준을 넘어서 회사 수준으로까지 성장할 수 있는 것이다. 컴퓨터와 스마트폰의 보급 확대로 이 분야는 계속 성장을 하여 데이터 복구 대형업체들도 속속 생겨나고 있는데, 1년 복구 횟수 2만 건~3만 건 정도 되는 회사들도 몇 군데가 있다. 명 정보기술 같은 경우는 연간 매출액만 300억 원이 넘는다. 과거 조그만 상점에서 시작했으나 큰 회사로까지 성장을 한 것이다.

데이터 복구가 초기 창업 시에는 개인을 상대로 하기 때문에 고작해야 건당 10만 원~30만 원의 비용을 받지만 회사 형태를 갖추고 나면 큰 기업들이 고객으로 찾아온다. 그만큼 전문성을 갖추어야 하는 것도 필요하겠지만 일단 기업 상대로 비즈니스가 확대된다면 건당 몇 백만 원, 몇 천만 원의 비용을 받을 수도 있기 때문에 데이터 복구 분야는 전망 있는 창업이라고 할 수 있겠다.

-업계가 추정하는 국내 중고 명품시장 규모는 최소 5조 원이다.
-실가가 800만 원대인 프랑스 시계·보석 브랜드 까르띠에의 `탱크 앙글레즈`는 중고 시장에선 200만 원대에 판매되는 경우도 있다
-중고 명품시장은 젊은 유커(중국인 관광객)들의 필수 관광 코스로까지 자리 잡고 있다.

　중고 명품사업은 인터넷 사이트와 매장을 동시에 운영하는 것이 유리하다. 자본이 없다면 처음에는 인터넷 사이트로 자리 잡을 수도 있겠다. 소비자들은 인터넷 사이트에서 선뜻 몇 백만 원이 넘는 중고 명품을 구매하기를 꺼리기도 하기 때문에 요새 중고 명품 프랜차이즈 업체들은 은행 보증서까지 보내주는 곳도 있는데 그런 안전장치 때문인지 고객들이 믿고 산다고 한다. 중고 명품사업을 하려면 진품, 가품을 구별할 수 있는 안목이 있어야 하는데 학원 같은 곳에서 교육을 받는 것도 중요하다. 그리고 최초에는 아무래도 프랜차이즈를 통해서 물건을 공급받는 것이 좋다.
인터넷 사이트 등으로 자리를 잡았다면 직접 매장을 낸다면 매출은 3-5배 이상 성장할 것이다. 아무래도 명품 거래는 실제 매장에서 이루어지는 성향이 있다. 인터넷으로 홍보를 하고 실제

매장에서 구매를 하는 패턴으로 가는 것이 좋겠다. 물론 지방 고객 같은 경우는 인터넷을 통해 구매하는 비율이 높을 것이다.

중고 명품을 해외에서 직접 매입하려면 유럽, 일본 등의 중고 명품 해외직거래 사이트를 활용하면 매입이 가능하다. 매입했을 때 세금 처리는 해외 수입제품은 관부가세를 미리 납부를 해야 한다.

유럽이나 일본 등은 중고 명품의 거래가격이 한국보다 낮기 때문에 시세차익을 남기는 사업이 가능하다. 중고 명품 프랜차이즈 업체들도 이런 이유 때문에 유럽 등지에서 중고 명품을 대량으로 수입해서 대리점에 납품하는 것이다. 한국은 중고 명품 시세가 높게 형성되어 있기 때문에 사업이 잘 된다고 한다.

나중에는 해외에서 대량으로 중고 명품을 수입해서 도매를 넘겨준다든지 하는 큰 사업으로도 확장성을 가질 수 있을 것이다.

: 명품 짝퉁 구별법

진품인지 가품인지를 확인하는 가장 확실한 방법은 고유 넘버를 확인하면 된다.

명품 백의 경우 겉감이 가죽인지, 안감의 소재가 면인지, 가방의 특유의 냄새 등으로 구분하기도 한다. 진품의 구분은 브랜드별로 각기 다른데 샤넬의 경우 TC 코드가 절대 중복되지 않는데 루이비통의 경우 중복되는 경우도 있다.

반품 숍은 언론상에서 종종 언급이 되는 수익모델이다. 리퍼브 숍이라고도 하며 코스트코, 대형 쇼핑몰 등에서 반품으로 들어오는 물건을 거의 반값 수준으로 싸게 재판매하는 숍이다. 반품이라고는 하나 포장을 뜯지도 않고 반품이 들어온 제품이 대다수라 거의 새 제품이라고 해도 무방하다.

반품 숍이 잘 되는 곳을 보면 용인의 어떤 곳은 거의 창고형으로 대량의 반품 물건을 쌓아놓고 파는 곳도 있고, 어느 정도 인테리어가 된 상점을 반품 숍으로 개조해서 운영하는 곳도 있다. 상점 이름을 굳이 반품 숍이라고 안 해도 고객이 인지만 하면 되므로 가게 이름을 반품 숍이라고 할 필요는 없는 듯하다. 파주의 한 반품 매장은 한샘 물건만을 전문적으로 취급을 하는데 가격도 싸고 물건도 너무 멀쩡해서 바로 사고 싶은 충동이 일 정도였다.

반품 물건들을 가게가 나서서 싸다는 이미지를 줄 필요는 없다. 진열은 새 제품과 동일하게 하되 반품 물건이라고 제품 표시만 해서 판매하면 잘 팔린다. 고객들은 정가보다 획기적으로 저렴한 물건을 보는 순간 득템했다는 생각이 들 것이다. 필자 또한 그런 생각이 들 정도였으니 말이다. 그럼 고객들은 새 제품과 비교를 해 볼 테고 이상이 전혀 없다는 걸 감지한 순간 구매로 이어지게 되는 것이다.

　　지방의 반품 매장들을 보면 마치 중고매장과 같이 시설해 놓고 반품 물건을 팔고 있는데 이렇게 되면 물건 가격만 깎아내리는 결과가 된다. 아무리 반품 물건이라도 정 매장과 같이 어느 정도 인테리어는 필요해 보인다. 코스트코같이 창고형 매장 정도는 봐 줄만 한데 지방이 반품 숍 같은 경우는 시멘트 바닥에 흙먼지 날릴 것 같이 아무런 인테리어도 안 해 놓고 창고 같은 곳에 물건을 넣어 놓고 판매를 하는데 이렇게 해도 물건이 잘 팔리는 것을 보면 신기하다.
반품 숍 운영 시 주의할 점은 재고 문제다. 물건을 가져올 때 대량으로 가져오다 보니 실제로 판매가 안 이루어지는 상품들도 상당수 있다. 몇 달씩 재고로 남아 있는 물건들은 재고 관리를 통해 중고매장에 넘기던지 덤핑 처리를 하여 소진하여야 한다. 아무래도 반품 숍들은 개인이 운영하다 보니 재고관리와 같은 시스템이 부족할 수밖에 없다.

: 비즈니스의 운영
반품 숍은 임차료가 비싼 곳에서 할 필요가 없다. 물건도 많이 들여놔야 하므로 임차료 비 싼 곳에 하기도 힘들다. 반품 숍이라는 곳 자체가 희귀성이 있으므로 인터넷 블로그나 카페 등을 통해서 홍보를 보통 하고 있는데 인터넷을 보고 찾아오는 마니아 고객이 상당수 있다고 한다. 반품 숍의 매력에 빠져서 전국의 반품 숍을 돌며 구매하는 족들이 많이 있는 것이다. 그러므로 이런 점을 염두에 두고 사업을 해야 한다.

  단순히 지나가다가 보고 들어오는 고객들도 있지만 인터넷 상에 블로그나 뉴스 등을 보고 찾아오는 고객들이 상당수 있으므로 인터넷 홍보에 비용을 쓴다면 몇 배의 매출 상승효과가 있을 것이다. 인터넷 뉴스 홍보 같은 경우도 5만 원, 10만 원 정도밖에 들지 않지만 홍보 효과는 상당하므로 진행하는 것이 좋다. 블로그 글 같은 경우도 최적화 블로그에 글 올려주고 몇 만 원 정도를 받기 때문에 이런 루트를 적극 활용한다면 충분히 승산이 있어 보인다.

안경 전문점

안경은 마진이 좋아 안경학과 출신이라면 해볼 만한 아이템이다.

안경 전문점을 개인 창업으로 추천하는 이유는 영업이익률 통계 때문이다. 2015년 통계청 통계에 의하면 프랜차이즈에 가입한 약국 1곳당 매출액은 9억 2,130만 원에 영업이익도 8,810만 원으로 12개 업종 프랜차이즈 중 가장 높았다. 2위는 안경점으로 매출액은 2억 9,200만 원이지만 마진율이 약국의 거의 2배 가까운 16.7%에 달해 4,890만 원의 영업이익을 달성했다. 3위는 문구점으로 매출액은 3억 5,900만 원에 영업이익은 3,360만 원에 달했다. 최하위는 커피 전문점과 편의점으로 연간 영업이익은 평균 1,800만 원~2,100만 원 선이었다.

아무래도 한국에서 장사를 하려면 잘 되는 업종과 안 되는 업종을 가려야 한다. 이 통계 대로라면 상위 5% 이내에 드는 커피전문점이 안경점 평균 소득에도 못 미치는 결과가 나온다. 그러므로 편의점, 커피전문점을 차려서 아무리 영업을 잘해봐야 돈을 벌 수 없다는 결론이다.

그렇다면 안경점이 잘 되는 이유는 무엇일까? 바로 안경점은 아무나 차릴 수가 없기 때문이다. 안경점을 창업하려면 안경학과 학사과정 이상을 이수하고 안경사 자격을 취득해야 하는 난관이 있다. 대학과정에서 공급을 조절하기 때문에 극심한 포화상태를 면할 수가 있는 것이다. 또한 마진율도 좋아서 약국

마진 9%대보다 좋은 16.7%대의 마진을 가져갈 수 있다. 그만큼 적은 인력 운영으로도 큰 마진을 가져갈 수 있는 구조이다.

또 안경점은 확장성이 있다. 안경테 같은 경우는 인터넷을 통해 판매도 가능하여 인터넷을 통해 고객 확보도 가능할뿐더러 안경점으로 성공을 하여 프랜차이즈 형태로 운영도 가능하다. 안경점이 성공하여 많은 물량을 소화할 수 있다면 안경렌즈나 안경테를 공장에서 직접 가져와서 많은 마진을 붙여 판매도 가능하기 때문이다.

요새같이 블루 라이트에 민감할 경우 안경렌즈에 블루 라이트 차단 기능을 넣은 안경렌즈를 도입하여 브랜드를 만들 수도 있다. 즉 장사가 아닌 사업영역으로 확장이 가능하다는 장점이 있는 것이다. 반면 약국 같은 경우는 의약품 법이 까다로워 약 같은 경우 인터넷으로도 판매가 불가능하여 오로지 약국 안에서만 장사를 하여야 하는 단점이 있다. 그다지 확장을 하고 싶어도 확장성이 없는 것이다.

반면 안경점은 안경사를 본인이 취득해야 사업자를 개설할 수가 있는데 안경사 자격 취득과정은 아래와 같다. 안경사 자격 취득 과정을 통해 진입장벽을 높여놔서 안경점을 아무나 차릴 수가 없으므로 많은 공급이 이루어지지도 않는다. 이것이 가장 큰 장점이라고 할 수 있겠다.

: 안경사 자격을 취득하려면

안경사는 대학교(4년제) 및 전문대학(3년제)에서 안경광학을 전공한 후 국시원에서 시행하는 안경사 국가시험에 합격하여 보건복지부 장관의 면허증을 발급받아야 한다.

: 합격 통계

2017년 기준 1,787명 응시 / 1,338명 합격 / 합격률: 74.9%

일단 대학을 졸업하면 안경사가 되는 것은 그다지 어렵지 않은데 합격률이 75%에 달한다.

- 동네 빵집 다시 살아났다. 프랜차이즈 아닌 제과점 매출 3년
새 두 배
- 지역에 이름난 빵집이나 단팥빵, 카스텔라 등 단일 품목만 앞
세운 전문 빵집이 인기를 끌면서, 프랜차이즈가 아닌 '동네 빵
집' 시장이 급성장한 것으로 나타났다.
- 제과점 매출은 2013년(1조 2,124억 원) => 2016년 2조 3,353
억 원으로 92.6% 증가한 것으로 나타났다.

2018년 6월 한국일보에 실린 기사 내용이다. 필자도 몇 년
전부터 우리나라 제빵 사업에 관심을 가졌던 터라 주위의 성업
하는 개인 빵집들이 늘어나는 걸 보면서 개인 제빵점들이 다시
살아난다고 생각했는데 느낌과 거의 일치하는 대목이었다.
한때 대형 프랜차이즈 빵집들이 생겨나면서 동네 빵집들이 원
가를 못 맞춰 거의 도산하던 시절이 있었다. 그 후로 동네에서
일반 빵집들은 거의 찾아볼 수가 없는 지경에 이르렀는데 이제
다시 동네 빵집들이 하나둘씩 생겨나고 있다.

그렇다면 동네 빵집들은 어떤 무기를 가지고 다시 시장에 나
타난 것일까?
몇 가지 이유가 있는데 프랜차이즈 빵집이 하지 못하는 방식을

도입한 것이다. 유기농 빵만을 파는 가게들이 성업하기 시작했고, 즉석으로 구워 10분 이내에 판매하는 류재은 베이커리 같은 스타일의 빵집들이 성업하기 시작했다.

필자는 예전에 대형 프랜차이즈 빵을 먹다가 책상에 놔두고 까맣게 잊고 있었는데 7일 정도가 지나서 발견한 결과 빵이 곰팡이가 피질 않는 것이다. 그래서 도대체 얼마가 지나야 곰팡이가 피는 건지 놔두고 본 결과 10일이 지나니 약간씩 곰팡이가 올라오는 것이다. 그래서 한 김에 동네 빵집에서 빵을 사다가 실험을 해본 결과 불과 2-3일 후부터 곰팡이가 피기 시작하는 것이다.

그래서 우리나라의 제빵 사업구조를 파기 시작했는데 프랜차이즈 빵이 성공할 수밖에 없는 이유가 있었다. 일반 동네 빵집의 경우 제과점마다 제빵사가 있어서 보통 새벽 3시부터 일을 시작하여 그날 판매할 빵을 굽기 시작한다. 제빵사 월급이 꽤 되기 때문에 원가 비중이 많이 올라가는 형태이다.

반면 대기업 프랜차이즈 빵집의 경우 공장에서 빵이 대량으로 생산되어 나오는 방식이다.

생산된 빵을 새벽시간에 배송이 되어 빵집에 공급이 되는 방식이라 제빵사가 필요가 없다. 이렇게 나온 빵은 원가도 낮다. 이런 이유의 원가 경쟁력 때문에 동네 빵집의 빵은 2배 가까이 값이 비싼 것이다. 소비자들은 비싼 동네 빵집의 빵을 외면하기 시작했고, 결국 다들 도산하게 되는 과정으로 오늘까지 이른 것이다.

여기서는 즉석으로 구워 파는 빵집 아이템에 대해 설명해 보겠다. 필자가 파주의 프로방스 마을에 류재은 베이커리라는 빵집을 간 적이 있었는데 사람들이 줄을 거의 50명 가까이 서 있는 걸 보고 충격을 받은 적이 있었다. 아무리 빵이 맛있어도 거기서 거기일 텐데 이럴 리가 없다는 선입견이 있었기 때문이다. 그래서 필자도 줄을 서고 마늘빵을 구매해서 먹어 본 결과 정말 맛있었다. 그런데 건너편에 교황 빵이라고 비슷한 즉석 빵집이 있었는데 거기도 빵이 맛있었다. 관광지에서 빵을 먹어서 맛있는 걸까? 처음에는 이유를 몰랐으나 이 빵들의 공통점은 지금 바로 구운 빵이었다는 것이다. 빵은 구운 후 바로 먹으면 진짜 맛있다는 사실은 처음 알게 된 순간이었다.

지금은 이런 방식으로 즉석 빵집이 많이 생겨났는데 다들 맛이 좋다. 프랜차이즈 빵들과 비교되는 순간이었다. 이 방식은 프랜차이즈 제과업계에서는 따라 할 수 없는 방식이다.

이 빵들은 가격도 생각보다 비쌌다. 프랜차이즈 빵 가격에 익숙해져 있어서 인지 비싸다고 느껴졌다. 하지만 사람들은 즉석빵에 이 정도 금액은 과감히 지불했던 것이다.

또 한 가지 방식으로 잘 되는 빵집을 본 적이 있는데 유기농 빵집이다. 일산에 몇 군데가 있는데 필자가 아는 빵집들은 다들 2배 가까이 비싼데도 불구하고 손님이 끊이질 않는다. 주위 사람에게 그 이유를 물어보니 요새 엄마들은 자녀들에게 유기농 빵만 먹인다는 것이다. 국민 소득 수준이 올라가면서 생활패턴이 바뀐 것이다. 불과 5년 전만 하더라도 빵은 싸게 구매해야 한다는 생각에서 이제는 유기농과 같이 건강이 좋은 빵들을 구매하는 패턴으로 바뀐 것이다.

: 사업의 성공 포인트

즉석 제빵의 성공 포인트는 바로 구워 파는 방식이다. 이렇게 하려면 즉석빵의 품목을 단일화시켜야 한다. 류재은 베이커리 같은 경우 마늘빵만을 즉석으로 구워 판다. 나머지 빵 들은 즉석으로 구워하는 형태는 아니고 기존과 같은 방식으로 만들어서 판다.

즉석빵의 품목은 마늘빵으로 할지 단팥빵으로 할지 카스텔라로 할지 자신 있는 분야로 정하는 것이 우선이다. 단일 품목을 정했으면 그 빵은 구운 지 30분이 넘어가면 팔면 안 된다. 어떤 빵이라도 구운 지 30분 이내의 빵을 먹어보면 굉장히 맛있다. 빵맛은 시간이 지나면 방금 구운 특유의 맛이 사라지므로 차별성이 없다. 아깝더라도 처분한다든지 소량만을 구워서 판매하는 방식으로 초기에는 손실을 감수해야 한다.

다른 즉석 빵집들도 초기에 이런 문제점이 있었을 것으로 본다. 하지만 이 빵집이 즉석 빵집으로 정착하려면 어쩔 수가 없다. 그렇지만 즉석 빵집으로 정착이 되면 그 집은 줄 서서 먹는 즉석 빵집 브랜드가 되기 때문에 대박이 난다.

: 제빵사가 되려면

국내 제과제빵사는 약 3만 명 정도가 되며 제빵사가 되기 위해서 반드시 자격증이 있어야 하는 것은 아니다. 하지만 창업이 아니고 취업 시에는 자격증 수당 5만 원~7만 원을 더 받고 전문가로 인정도 받으므로 자격증을 취득하는 것이 좋겠다.

국가가 공인해주는 자격증은 한국산업인력공단에서 취득할 수 있는 제과기능사, 제빵기능사 가 있다. 이 시험은 실기시험을 먼저 치른 후에 필기시험을 치르는 방식이다.

또 국제제과 인정 직업훈련원을 다니는 방법이 있는데 이곳은 노동부가 인정한 제과 직업훈련원으로 다른 곳과는 달리 비용이 들지 않고 오히려 훈련수당을 받으면서 기술을 배울 수 있다는 장점이 있고, 교육 후에는 제과제빵업계에 취직을 해야 하는 단서조항이 있다.

: 제과점 창업

제과점은 단순히 제빵학원을 졸업하고 바로 차리기보다는 기존 빵집에 취업을 하여 4계절을 겪어 본 후 창업하는 것이 기존 빵집들의 제빵 노하우도 익히고 영업력도 익힐 수 있기 때문에 좋다고 한다.

제과점을 창업하면 마케팅 부분이 힘들 수 있는데 한국소상공인마케팅협회를 통하면 소상공인들의 마케팅 노하우를 무료로 전수받을 수 있으므로 활용하는 것이 좋다.

-순이익률

자영제과점의 경우 제품의 마진율이 좋은데 보통 순이익률은 25% 정도를 보면 된다. 프랜차이즈 제과점은 인건비, 일반관리비 등을 제외하면 순이익률은 자영제과점의 절반 정도인 12~13% 정도이다.

6개월 교육으로 창업할 수 있는 원가 0의 고수익 사업

역술인 협회에 따르면 2016년 국내 역술인, 무속인으로 등록된 수는 100만 명이 넘는다고 한다. 그만큼 저변이 확대되어 있는 큰 사업인데 갈수록 사회는 정보통신화 되어 미신 따위는 안 믿을 것 같지만 역술 분야는 더 성장하고 있다. 사회가 진화할수록 먹고 사는 문제의 1, 2차 산업보다는 3차 서비스 산업이 커질 수밖에 없듯이 대표적인 서비스업이라고 할 수 있는 역학 분야도 함께 급성장을 했던 것이다.

사실 역학은 중국의 명리학을 가지고 풀이를 하는 학문인데, 명리학 자체가 통계학에 근간을 둔다고 볼 수 있다. 결국 사람이 태어난 계절, 시간, 절기 등을 가지고 통계적으로 성향이나 기질 등을 파악한 학문이라고 볼 수 있다. 그런데 이런 통계가 100%는 아니지만 대체로 맞아떨어진다는데 묘미가 있다.

필자의 경우도 1년 전에 점을 본 적이 있는데 사업을 한다고 하니, 뜻밖에도 다른 것 신경 쓰지 말고 3개월 이내에 세무조사가 있을 예정이니 대비나 잘 하라고 한 적이 있다. 주위 사람들한테 이 얘기를 해줬고, 진짜 세무조사가 나오나 보자고 해서 세무조사를 대비해 준비도 어느 정도 해 뒀다. 그런데 정말 3개월째 되는 달에 마포세무서에서 세무조사 사전 통지서가 날아온 것이다. 결국 50일 동안 세무조사를 받아서 주위 사람들이 놀란

적이 있었다.

사람들이 점을 보는 이유는 아무래도 이런 경험치가 있기 때문이라고 본다. 역학이 정말 50:50의 확률로 맞추는 미신이라면 많은 사람들이 돈을 지불하고 이렇게 하나의 산업으로까지 커지지는 않았을 것이다.

머지않아 이런 역학도 원리가 과학적으로 증명되는 날이 오지 않을까 싶다.

필자도 역학 사이트를 직접 프로그래밍하려고 역학 학원까지 다닌 적이 있었는데 전문적인 지식 없이는 참 하기 힘든 분야였다. 만세력까지는 어떻게 프로그래밍으로 데이터베이스를 구축하여 구현을 하였으나 천간과 지지 등 각 글자 간에 상호작용은 구축을 하지 못했다. 언제 한 번 시간이 나면 본격적으로 각 글자 간에 상호작용을 완성하고 싶다. 그럼 실제 역술인들이 보는 것과 거의 유사할 정도로 구현이 가능하리라 희망을 가져 본다.

점집은 신점이 있고, 순수하게 역학으로 푸는 곳이 있다. 신점을 잘 보는 사람은 과거를 비교적 잘 맞추는 편인 반면, 미래에 대한 조언은 좀 부실한 감이 있다. 어떻게 보면 미래에 있어서는 때려 맞춘다는 느낌을 많이 받았다. 역학 위주로 보는 곳은 과거와 미래에 대해 논리적으로 설명을 해 준다. 맞춘다, 못 맞춘다, 라는 방식이 아니라 이런 사주는 이렇다고 말해 주므로 미래에 대해서도 논리적으로 맞춘다는 표현이 맞을 것이다. 여기서는 후자인 명리학을 통한 역술원에 대한 창업에 대해 논하고자 한다.

본격적으로 역학을 공부해서 생업으로 하고 싶다면 우선은 학원을 다녀야 할 것이다. 하지만 각 학원마다 동일한 사주를 가지고 풀이하는 방식이 조금씩 다르므로 가능하면 정통적인 곳에서 다닐 것을 추천한다. 필자의 경험으로 보면 자미두수보다는 명리학 쪽이 좀 더 사주풀이가 제대로 나오므로 명리학을 더 추천한다. 물론 나중에 자미두수나 주역 같은 것도 보완으로 공부해 두면 좋다. 하지만 일단 시작은 광범위하게 쓰이는 명리학을 추천한다.

6개월 정도 공을 들여서 학원 수업을 마쳤으면 실제 사주를 가지고 적용을 시켜 보아야 할 것이다. 이런 과정도 꽤 오랫동안 시간이 필요하다. 같이 공부하는 사람들끼리 정보를 공유하는 것도 좋을 것이다. 또 역술 커뮤니티 같은 곳에서 역술인들끼리 공부도 하고 실전 경험도 쌓아 가는 것도 중요하다.
또 한 가지 염두에 두어야 할 점은 역학원에 오는 사람은 거의 대부분이 일이 잘 안 풀려서 오는 경우이다. 그러므로 심리상담사의 역할도 겸한다고 보면 된다. 누구에게도 말 못 할 자신의 할 말을 허심탄회하게 내뱉음으로써 속이 후련해지는 것이다. 마치 신부를 찾아가서 고해성사를 하듯이 주위 사람한테 말하기 힘든 부분들을 상담함으로써 절반은 해결이 되는 것이다.

: 창업

역학원을 차리는데 돈은 별로 안 든다. 역학 학원 이수 후 역학 협회에 등록한 후 오피스텔이나 작은 사무실을 얻어서 오픈하면 된다. 또 정년이라는 게 없어서 퇴직한 분들이 공부해서 하기에 안성맞춤이다. 오히려 나이가 들면 들수록 사람 보는 눈이 생겨서 더 정확도는 올라간다.

비용은 보통 5만 원 정도를 받는 것이 보통이다. 너무 바가지를 씌우면 다시는 안 가기 때문에 적당한 비용으로 서비스를 잘 해주는 것이 중요하다.

: 마케팅

우리나라 역학원은 거의 입소문 마케팅으로 생존해 왔다. 점을 보고 간 사람이 다른 사람 몇 명을 소개하는 방식이다. 하지만 인터넷 등에 광고를 추가한다면 훨씬 많은 고객을 이끌어 낼 수가 있다. 특히 역학원을 인터넷으로 접하고 찾아가는 사람들은 그 역학원에 대한 평가를 알고 싶으므로 지식인이나 블로그 글을 보고 찾아가는 사람이 많기 때문에 이 분야에 광고를 주력하는 것이 홈페이지 광고보다 효과가 좋다고 하겠다.

O2O 확산에 뜨는 사업 배달대행사업

배달 대행업은 배달의 민족 등 O2O 서비스가 본격화되면서 같이 급성장한 사업 아이템으로 현재 국내 1위인 바로고의 경우 2017년 10월 기준 한 달 배달 건수가 175만 건에 달했고 2017년도 매출도 111억 원에 달했다. 창업한 지 3년도 안 되어 이룬 성과로 배달 대행업은 급성장하고 있는 업종임에 틀림없다.

창업을 해서 월 500만 원 정도의 이익을 남기려면 월 배달 건수 1,000건 이상을 달성하면 되는데 상점 한 군데 당 하루 30건의 배달이 있다고 하면 33군데 상점을 가맹하면 가능하다.

: 배달업 현황의 변화

예전에는 상점들이 배달 사원을 자체 보유하였으나 최근 들어 고정비를 줄이기 위해 배달대행업체를 선호하게 됨.

또 2017년 기준 배달사원의 수익도 전속 배달원의 월평균 급여가 191만 원인데 반해 배달 대행사 소속인 경우 256만 원을 뛰었다. 그러므로 배달사원들도 배달 대행사로 소속을 옮기는 추세이다.

: 배달 대행업 수익구조

한국 노동연구원의 조사 자료에 의하면 배달 건당 평균 단가는 ,3011원이고 배달 대행사에서 가져가는 수수료는 건당 8~10%

정도이다. 하루 1천 콜 정도 들어오면 배달 대행사에서 가져가는 수수료는 20~30만 원 정도가 된다.

최근 배달대행업체 매물 나온 것을 검색해 보니

"부천 배달대행 운영하실 분 찾습니다.

소자본창업이나 배달대행 관심 있으신 분 좋은 아이템

가맹점 45개 가맹 수익 약 500만

월세 35만 리스는 운영하고 나름입니다.

월평균 400 이상 본인이 콜 뛰면 500 이상 가능"

이렇게 매물로 뜬 게 있었는데 본인이 가맹업체를 더 많이 확장하면 할수록 수수료 수익은 늘어나는 구조로 보면 되겠다.

배달의 민족이 2015년 인수한 두 바퀴 콜의 경우 가맹점들과 하부 지점을 70개까지 두어 당시 월평균 35~40만 건의 배달을 소화하기도 하여 엄청난 수수료 수익을 거둬들였다.

: 사업에 필요 요소

-배달 프로그램 : 업소와 연결해서 배달 콜을 받을 수 있는 프로그램으로 기능은 상점관리, 기사 관리, 거리별 배달요금 산출, 상점 위치-기사 위치를 파악할 수 있는 GPS맵 기능, 타 배달업체와 연계할 수 있는 공유 콜 기능, 정산관리

- 사무실 : 초기에 없어도 되고, 사업이 커지면 작은 사무실 정도

- 오토바이 : 자기 오토바이를 가지고 들어오는 지입 형태를 추천함.(사고나 보험 등 본인부담)

- 보험 : 특수형태 근로자 산재보험에 가입하여 사고에 대비하는 게 좋음. 근로자&사업주가 반반 부담하는 형태

-신용카드 단말기 : 고객이 카드결제 시 필요하며 카드결제 대행을 위한 카드단말기 필요

-19살 창업한 부산 소녀, 24살에 매출 50억 대박, 순이익 15억 원이다. 그런데 아직 만 24살이다. 화장품 업체 *** 대표 이야기
-연세대 휴학생 '맨손 창업' 1년…매출 125억 화장품 회사 일구다
-청년창업 2년 만에 화장품 해외 매출 60억, ***인터내셔널 *** CEO 생방송 토크

위의 기사들은 인터넷에서 화장품 창업에 성공하여 대박을 낸 사연들을 발췌한 것이다. 기존 업계는 대기업이 존재하면 중소기업은 대박 나기 힘든 구조이지만 화장품 업계는 유독 중소기업들이 어느 정도 대박을 낼 수 있는 장이 열려 있는 곳이다. 화장품이라는 것이 종류와 기능 등 새로운 기능이 탑재되어 출시되는 것들이 한도 끝도 없기 때문에 새로운 기능을 첨가한다면 중소기업이라도 얼마든지 대박을 낼 수 있는 분야이다.

화장품은 결국 자체 브랜드를 만들어야 대박을 낼 수가 있다. 하지만 아무리 좋은 성분을 많이 넣어서 자체 브랜드를 만들어 봐야 유통망이 없기 때문에 판매가 힘들다. 그래서 유통을 먼저 배우기를 권한다. 유통 경험 없이 자체 브랜드를 몇 천만 원 들여서 제조한 후 팔리지 않을 경우 파산을 할 수 있기 때문

이다.

또 화장품으로 성공한 회사들을 보면 화장품 유통업계에서 꽤 오랫동안 경험을 쌓은 경우가 많다. 미샤의 창업자인 서영필 대표도 미샤 창업 전 뷰티넷이라는 인터넷 사이트를 먼저 창업해서 화장품을 유통시키다가 자신만의 브랜드를 만들었다.

화장품 분야에서 창업을 하려면 우선 자본금이 별로 안 드는 인터넷 쇼핑몰부터 시작하기를 권한다. 화장품 분야에서도 자신이 추구하는 방향이 있을 텐데 그 분야를 전문적으로 하는 쇼핑몰을 만들어 기반을 다지는 것이 중요하겠다. 미샤 같은 경우도 뷰티넷으로 먼저 회원을 확보한 후 이대 앞에 작은 점포를 냈는데 회원들의 많은 구매가 이루어져 오늘날의 미샤가 된 것과 같이 인터넷 쇼핑몰로 먼저 많은 고객을 확보 후 오프라인 매장을 내는 것을 권한다.

오프라인 매장까지 성공한 후 자기만의 화장품 브랜드를 만들어 론칭해서 팔기 시작해 반응을 보는 것이 좋겠다. 자기만의 브랜드를 만드는 방법은 우선 브랜드명과 디자인을 정한 후 국내 OEM 화장품 제조업체에 맡기면 완제품까지 만들어 주는 곳이 많으므로 화장품 론칭은 큰 문제가 안 된다. 아래는 국내 한 화장품 OEM 업체에서 홍보문구를 가져온 것인데 소량 제조부터 마케팅까지 도와준다.

"소자본창업 모집 1,000~3,000만 원으로 당신만의 브랜드를 만들어 드립니다.

시장을 아는 화장품 개발! 브랜드의 개발과 운영을 위해 저희만의 브랜드 제품 개발과 온, 오프라인 판매 노하우뿐만 아니라 시장의 수요에 정확히 일치하는 각종 마케팅 전략들을 바탕으로 귀사의 브랜드를 컨설팅 해드립니다."

홍보방법은 이 책의 앞부분에 마케팅 하는 법에서 여러 가지 케이스별로 자세히 설명해 놓았으니 뷰티 분야의 홍보에 적당한 마케팅을 하나씩 해 보면 될 것이다.

모텔 위탁운영

모텔, 호텔을 보증금, 월세 내고 임대하여 위탁운영

- 동대문/이**모텔/보증금 1억 3천/월세 320만/월 매출 1,050만/월 순익 450만
- 종로/게**호텔/보증금 2억/월세 900만/월 매출 2,700만/월 순익 700만
- 김제/소**모텔/보증금 1억/월세 300만/월 매출 1,100만/월 순익 400만

　위 내용은 모텔 포탈인 '모텔사랑'이라는 곳에 매물로 나온 내용을 가져온 것인데 위탁운영자를 구하는 내용이다.

모텔은 건물주가 직접 운영까지 하는 경우도 있지만 위의 사례와 같이 위탁 운영을 맡기는 경우가 상당수 있다. 위탁운영을 하려면 보증금을 걸어야 하는데 사실 소자본으로 하기에는 억대 이상이 들어가므로 부담스러운 금액임에는 틀림없다. 하지만 수익률은 꽤 좋아서 보증금 1억을 가지고 들어가면 400~450만 원 정도의 수익을 거둘 수 있다.

이 뿐만 아니라 수완을 발휘한다면 더 큰 수익을 거둘 수가 있는데, 마케팅에 자신이 있다면 각종 숙박 앱 등에 활발히 등록하여 빈 객실 없이 꽉 채운다면 위의 수익보다 몇 배를 더 가져갈 수도 있는 것이다. 위의 수익금액은 기존의 수익금액이므로 사업수완을 발휘한다면 충분히 더 많은 수익을 거둘 수 있는 재

미가 있는 것이다.

모텔을 직접 소유보다 위탁운영이 좋은 점이 있다. 모텔은 5년 정도마다 내부 리모델링을 해줘야 한다. 각종 시설들이 낡기 때문에 노후화되면 손님들의 발길이 끊기기 때문에 최소 5년에 한 번씩은 건물 전체를 리모델링을 해 줘야 산뜻해 진다. 그런데 리모델링 비용은 거의 몇 억대가 들기 때문에 모텔 소유주로서는 큰 손실이 아닐 수 없다. 어쩌면 모텔을 직접 소유하고도 이런 이유들 때문에 적자로 전환되기도 하는 것이다. 그러므로 이런 모텔과 같이 주기적으로 리모델링이나 교체비가 들어가는 고시원, PC방 같은 사업을 인수할 때는 교체비용을 충분히 고려해서 사업을 인수해야 손실이 없다.

모텔 위탁운영은 확장성도 좋아서 위탁운영으로 돈을 모아서 더 큰 모텔로 위탁운영 범위를 넓힐 수 있고, 나중에는 모텔을 인수할 수도 있다. 모텔 같은 경우 다른 건물에 비해 대출한도가 높기 때문이다. 보통 건물이 대출 한도가 시세의 50% 이상을 해주지 않는 반면 모텔은 70~90% 까지도 대출이 가능했다. 물론 최근 정부 규제로 한도는 좀 줄긴 했지만 은행들은 모텔을 좋은 수익모델로 보기 때문에 대출에 굉장히 적극적인 것이다. 위탁운영을 하면서 주거래 은행과 친분을 쌓아 간다면 나중에 모텔 인수 시 굉장한 도움을 받을 수 있을 것이다.

모텔 위탁운영을 하다가 사업이 커진다면 호텔 위탁운영까지도 넘볼 수 있다. 호텔이나 모텔이나 마케팅 방식은 비슷하다. 요즘은 거의 앱이나 SNS, 쿠팡과 같은 오픈마켓 등으로 홍보해야 먹히므로 이런 광고 분야에 능통하다면 호텔 위탁운영을 할 수 있을 정도로 능력치가 상향될 것이다.

: 호텔 위탁운영

최근 호텔업계에 따르면 힐튼, 하얏트 등의 세계적인 호텔 체인업체들이 호텔을 직접 소유가 아닌 위탁운영 방식으로 방향을 바꾸고 있다고 한다. 위탁운영 방식이 자본금 대비 수익률이 더 좋기 때문인데 위탁수수료를 책정하는 방식은 순이익 20% OR 매출의 2% +인센티브와 같은 방식으로 계약을 맺는다.

위탁계약이 기간은 10년~100년까지도 계약을 맺고 호텔 소유주는 경영에 신경 쓸 필요 없이 안정적인 수익을 가져갈 수 있는데 실제 들어가는 급여, 운영비, 마케팅 비용 등은 소유주가 부담하는 형태이다.

보통 호텔 위탁운영업체는 마케팅을 전문으로 하는 업체가 맡아서 하는데 많은 돈을 들여서 호텔을 소유하는 것보다 위탁운영으로 수수료를 받는 방식이 수익이 더 좋기 때문에 선호하게 되는 것이다. 또 소유주의 경우 마케팅에 문외한인 경우가 많은데 이럴 경우 객실의 상당 부분을 못 채우게 된다. 그러므로 호텔 위탁업체와 소유주가 위탁계약을 하는 이유는 서로 부족한 부분을 보완해 주게 되어 이익이 창출되는 것이다.

-대학 근처 셰어하우스를 창업하였는데 2층짜리 옛 여관 건물을 보증금 1,500만 원(권리금 700만 원 별도), 월 80만 원에 임대 / 리모델링 비용으로 2,500만~2,700만 원 소요, 입주자는 13명으로 보증금 100만 원/월 임대료 30만 원을 내고 입주

-서울에서 셰어하우스 여러 채를 운영 중인 A는 방 세 개짜리 아파트(전용면적 116㎡)를 보증금 2,000만 원, 월세 170만 원에 임차해 세입자 7명에게 월세 320만 원을 받고 있다.

위의 사례는 서울 지역에서 실제로 셰어하우스를 운영하고 있는 실례를 든 것이다. 셰어하우스를 만드는 노하우들도 여러 가지가 있는데 단순히 아파트를 임차하여 셰어하우스로 개조해 쪼개서 임차하는 경우가 있고, 허름한 건물을 장기 임차해 리모델링까지 하고 제대로 사업화시키는 경우도 있다. 아직 국내는 이와 같은 소호사업자들 위주로 셰어하우스 사업이 진행되고 있는데 해외 같은 경우는 셰어하우스가 하나의 사업 분야로 발전해 대규모의 셰어하우스들이 많다. 영국, 미국 같은 경우 거의 호텔 수준의 시설을 갖춘 몇 백 명이 한 번에 입주할 수 있는 셰어하우스들이 늘어나고 있을 정도이다.

: 셰어하우스 도입 계기

그동안 법적인 문제로 셰어하우스가 한국에 도입이 힘들었는데 현재 셰어하우스 붐이 일게 된 건 2012년 국토해양부의 셰어하우스 규제 완화가 법률로 제정된 이후이다. 기존에는 전용면적의 85m²를 초과하는 아파트의 30m² 이하를 쪼갤 수 있는데 지금은 최소 주거 면적 14m² 이상이면 셰어하우스 운영이 가능하다. 또 세대 구분형 아파트는 한 집에 여럿 가구가 거주하더라도 1인 가구로 간주되어 공동주택에 적용되는 주차장 설치 의무, 추가 부대시설 부담을 면제해줘 거주비용을 줄일 수 있게하였다.

: 셰어하우스의 장점

저렴한 월세 : 가장 큰 장점으로 와 닿는 것은 저렴한 월세일 것이다. 보통 주거공간을 원룸이나 오피스텔을 임대할 경우 월세 50~80만 원에 관리비도 10만 원 정도가 들어간다. 학생들이나 직장인들은 큰 부담이 아닐 수 없다.

넓은 공용공간 : 넓은 공용공간을 같이 사용할 수 있어서 좋다.

외로움 해소 : 아무래도 원룸 같은 곳에 혼자 살다 보면 많은 외로움을 느끼겠지만 셰어하우스는 공동체 개념이 있어서 외로울 틈이 없다.

보안 문제 : 원룸이나 오피스텔에 여자 혼자 살게 되면 범죄의 대상이 되기도 하는데 셰어하우스에 여러 명의 여성이 거주할 경우 이러한 불상사를 미연에 방지할 수 있다.

: 셰어하우스 조건

입주자를 구하는 셰어하우스의 평균 조건은 아래와 같은데 지역별로 금액은 조금씩 틀리지만 보증금은 오피스텔의 1/10 수준, 월세는 2/3 수준이며 관리비도 1/5 수준으로 저렴해서 수요는 갈수록 늘고 있다.

- 서울 동작구 / 보증금 100만 원 / 1인실 27만 원, 2인실 40만 원 / 월 관리비 4만 원
- 서울 강남구 / 보증금 100만 원 / 1인실 33만 원, 2인실 43만 원 / 월 관리비 5만 원
- 서울 중구 / 보증금 80만 원 / 1인실 34만 원, 2인실 49만 원 / 월 관리비 5만 원

: 셰어하우스 사업의 확장성

직장을 다니면서 투잡으로 셰어하우스를 운영하는 경우 1~2개 정도 이상을 하기가 힘들지만 전업으로 하는 경우 10개 이상도 셰어하우스를 운영하는 경우가 많다.

그만큼 수익이 되기 때문에 가능한데, 한 군데서 150만 원 정도 이익이 창출된다고 해도 10군데면 월 1500만 원의 수익을 거둘 수 있으므로 셰어하우스 개수를 계속 늘려 나가는 것이다.

해외 같은 경우 하우스 하나에 20명, 30명이 들어가는 대단위의 셰어하우스들이 많은데 일본의 이케가미 커넥트 하우스는 허름한 작은 빌라를 개조해 만들었는데 건물 내에 모두 15채의 집이 있고, 그 안에 있는 40개 방을 빌려주는 식이다. 영국 런

던 같은 경우 세계 최대 규모의 셰어하우스가 있는데 룸이 무려 546실 규모이다. 여기 안에는 도서관부터 스파시설까지 되어 있다.

또 셰어하우스는 큰 사업으로까지 확장되고 있는데 일본의 오크하우스의 경우 현재 210개의 셰어하우스를 운영할 정도이다. 한국도 2012년 법 개정 이후 2013년부터 불과 5년 정도로 셰어하우스 사업이 시작한 지 얼마 되지 않아 사업의 발전 가능성은 무궁무진하다고 할 수 있겠다.

: 셰어하우스의 문제점

가장 우려할 점은 셰어하우스를 사용하는 입주자들 간의 트러블일 것이다. 입주자들의 생활패턴이 잘 안 맞는 경우도 문제가 될 수 있는데 누구는 새벽 3-4시까지 활동을 하는 반면 누구는 아침 6시에 일어나서 출근 준비를 해야 하는 등 각자의 생활패턴에서 가져오는 문제들과 새벽까지 친구들과의 소음 등의 문제점들이 생겨날 수 있다.

또 행복의 필수 요소인 자신만이 제3의 공간이 없다는 것은 스트레스로 작용할 수 있을 것이다. 행복학의 권위자 최인철 교수에 의하면 사람은 누구에게도 방해받는 않는 자신만의 제3의 공간이 반드시 있어야 행복할 수 있다는 내용이 있다. 아무래도 주거공간이 자신만이 제3의 공간이 될 수 있는데 주거공간을 공용으로 사용하다 보면 이런 부분은 희생해야 하는 문제점도 있는 것이다.

-수원시 인계동 로데오 상권 인형 뽑기 방 매물
일 매출 평균 230만 원, 주말에는 일 매출 300만 Ⅰ 월 수익 3,000만 원
1층 실 평수 40평 Ⅰ 보증금 5,000만 원 Ⅰ 월세 900만 원, 권리금 1억 7,000만 원
합 2억 2천만 원, 인형 뽑기 기계 13대

위는 매물 사이트에 올라와 있는 인형 뽑기 방 매물의 예이다. 좀 과장되어 있을 수도 있겠으나 필자의 경험에 의하면 운영자의 능력에 따라 가능하리라 본다.

필자가 사는 일산에 라페스타라는 상가 밀집 지역에도 인형 뽑기 방이 상당히 많은데 거의 대부분을 섭렵해 보았다. 그런데 운영방식이 정말 가지각색인데 5만 원을 투자해도 단 한 개를 뽑기 힘든 인형 뽑기 방이 있고, 어떤 데는 1회당 1000원이 아닌 500원인데 죽어도 안 뽑히는 곳도 있다. 어떤 곳은 진짜 싸구려 인형이나 재활용 인형만으로 채운 곳도 있고, 어떤 곳은 인형이 아닌 공산품 위주로 하는 곳도 있다.

그런데 지금은 난골로 1군데만 간다. 뽑기가즈아 인가? 배스킨라빈스 옆에 있는 곳인데 이름이 정확히 생각이 안 나는데 여기는 정말 잘 뽑힌다.

어떤 날은 신이 나서 10개 이상도 뽑은 적이 있다. 물론 돈도 꽤 들어갔다. 하지만 어떤 날은 몇 만 원을 투자해도 아예 1개도 못 뽑기도 한다. 지금 생각해 보면 이건 주인의 전략인 것 같다. 필자는 자주 이곳을 들르는 편인데 한 번은 저녁시간에 주인이 직접 나와서 우리를 알아보는 것이다. 그동안 CCTV로 자주 봤다고 하면서 반갑게 아는 척을 하는 것이다. 그러면서 자기는 사업방식은 막 퍼주는 방식으로 하다 보니 고객이 많다는 것이다. 가보면 거의 대부분의 시간에 사람들이 삼삼오오로 인형을 뽑고 있었다.

필자가 계산해본 결과 이곳의 월 예상 수익은 몇 천만 원이 넘을 수도 있다는 결론에 다다랐다. 여기의 영업방식은 어떤 날은 노마진으로 막 퍼주지만 어떤 날은 철저하게 수익을 챙긴다. 이렇게 할 경우 한 달의 절반 정도는 수익을 많이 남기는 날이 되고 나머지 절반은 노마진으로 굴러가게 된다.

그런데 이상하게도 이곳에 자주 들리는 이유는 안 되는 날의 기억보다 잘 뽑았던 날의 기억이 생각나서 오게 된다는 걸 알게 되었다. 보통 사람들은 과거의 추억을 떠올릴 때 힘든 날보다는 좋았던 날을 계속 되새기며 산다. 연인과 헤어져서도 주로 좋았고 설레는 날의 추억을 자주 떠올리게 되는데 이건 어떤 심리학 책에서 과학적으로 증명한 적이 있었는데 사람은 안 좋은 기억은 잊으려고 하고 좋은 기억은 계속 되새김질을 하여 스스로 행복해지려고 한다는 것이다.

여기 사장이 이런 심리학 책을 읽지는 않았을 것 같고, 아마도 지금까지의 장사의 경험에서 체득한 노하우일 것이다.

인형 뽑기 방을 운영한다면 수익을 극대화하기 위해서 단 한 개도 안 뽑히게 하지 말고, 위의 사장과 같이 사람의 심리 법칙을 잘 이용해서 사업을 한다면 큰 성공을 거두리라 본다.

이 책을 쓰면서 무자본, 소자본으로 돈을 버는 법을 찾다 보니 인형 뽑기 방, 모텔 위탁운영과 같이 약간은 음지의 사업을 기술하게 되는데 적은 자본으로 큰돈을 벌려면 아무래도 폼 나는 사업보다는 좀 사람들이 꺼려하는 사업을 추천하게 된다. 아무래도 이런 사업들은 진입하려는 사람도 적어서 하나의 틈새 시장으로 남아 그나마 사업의 여지가 있기 때문이다.

물론 당장은 이걸로 돈을 벌지만 나중에는 자금을 모아서 폼 나고 번듯한 사람을 하면 된다.

: 인형 뽑기 방의 매력

인형 뽑기 방의 큰 매력은 월세 이외에 고정비가 들지 않는다는 것이다. 대부분 무인시스템으로 돌아가서 인건비가 거의 들지 않는다. 갈수록 최저임금이 상향되고 2019년부터는 최저시급이 8350원으로 오르게 됨에 따라 인건비가 들지 않는 업종은 갈수록 인기가 있을 것이다. 또 한 가지는 별도의 인테리어를 할 필요가 없고 기계만 들여놓으면 되므로 초기 창업비용이 많이 들지 않는다는데 있다.

하지만 인형 뽑기 방은 사행성이라는데 리스크가 있고 현행 규제는 오후 10시 이후 청소년 출입 금지, 5000원 이상 경품 제공

금지 등의 규정이 있다.

: 인형 뽑기 방의 주의사항

1. 영업시간
일반 게임제공업은 영업 가능 시간이 오전 9시부터 오후 12시까지다. 인형 뽑기 기계만 있는 '순수 인형 뽑기 방'은 일반 게임제공업으로 분류되어 이 영업시간을 지켜야 한다.

2. 경품의 제한
사행성 방지를 위해 뽑기 기계 안 경품은 가격이 5,000원을 넘을 수 없으며 그 종류도 완구류와 문구류, 문화상품류 및 스포츠용품류로 제한된다.

3. 신규 창업은 신고제에서 허가제로 변경
2016년 12월 말 관광진흥법 시행 규칙을 일부 개정하면서 게임산업 진흥법 적용을 받기 때문에 시장·군수 등 지방자치단체장의 허가를 받아야 개업이 가능하다.

컨테이너 보관창고업이란?

수출용 컨테이너나 일반 컨테이너를 대량으로 가지고 있으면서 창고 형태로 물품을 보관하는 서비스를 말한다. 주 고객은 물류가 필요한 쇼핑몰 업체나 수출업체 등으로 사무실을 운영하면서 판매되는 상품들을 대량으로 보관하는 용도로 사용된다.

한국은 수출, 수입이 세계 몇 위 안에 들 정도로 물량이 많아서 해외에서 한국투자 1순위로 컨테이너 보관업을 선정할 정도다. 그래서인지 퇴직한 분들의 새로운 창업아이템으로 떠오르기도 해서 굉장한 인기를 얻고 있는 사업아이템이기도 하다.

컨테이너 보관업은 일종의 임대업으로 이 사업을 평가하는 기관에서는 건물 임대업과 비슷하게 보고 있다. 요즘 건물 임대업으로 수익이 4-5% 넘기도 힘든 상황에 컨테이너 임대업은 9~10%를 넘어가고 있고, 인터넷 홍보를 하게 되면 더 많은 이익을 낼 수 있다.

컨테이너 임대업은 처음에는 수도권 지방 700평 정도의 부지를 싸게 임대하여 사업을 시작하게 되지만 사업이 커질 경우 몇 십억 원에 사업체가 거래되는 경우도 많다. 신문을 보면 가끔씩 컨테이너 물류센터가 450억 원에 매각되었다든지, 250억 원에 매각되었다든지 하는 기사를 볼 수 있는데 이렇게 해서 사업체가 커지게 되면 대박이 날 수도 있다는 것이다.

: 창업절차

 1. 부지 임대 및 사업자등록

부지를 임대하기 전에 해당 부지의 지목이 컨테이너 야적, 혹은 적치에 있어 합법적으로 허가를 득할 수 있는 곳인지에 대한 확인은 각 자치단체의 관련부서를 통해 확인 후 세무서에 임대사업자 등록

2. 부지 마련 및 컨테이너 설치

최초 창업 시 부지는 700평 정도로 시작하는 것이 좋다.

컨테이너는 20피트, 40피트 두 종류가 수요가 많으며 필요 공간은 20피트 기준 5평의 부지가 필요하며 40피트의 경우 10평의 부지가 필요하다.

보통 2층, 3층으로 컨테이너를 쌓으므로 위의 기준의 2~3배 정도 더 쌓을 수 있음.

하지만 이동 공간이 필요하므로 컨테이너는 땅의 절반 정도만 채우고 절반은 지게차나 화물차들이 이동할 수 있는 공간으로 활용하여야 한다.

처음 창업 시 컨테이너는 보통 중고를 사용하는데 20피트 컨테이너의 중고 가격은 보통 170만 원 안팎, 40피트 컨테이너의 중고 가격은 220만 원 안팎으로 거래된다. 새 제품을 구매하려면 2배 정도의 비용이 든다.

3. 마케팅 및 매출

아직까지 컨테이너 업계의 마케팅은 입소문이나 현수막, 입간판 등 오프라인 형태로 이루어지고 있다. 워낙 수요가 많으니 이 정도로만 해도 충분히 물량을 채울 수 있기 때문이다.

초기에 빨리 물량을 채우려면 온라인 사이트를 간단히 외주 제작해서 인터넷으로 주문을 받으면 좋다. 또 컨테이너 업체를 전문적으로 온라인 홍보해 주는 컨 스토리와 같은 홍보대행업체에 의뢰해도 좋다. 이와 같은 온라인 전문 홍보대행업체는 블로그의 경우 홍보를 위한 포스팅은 자체적으로 상업적인 홍보의 성격을 띠는 포스팅이긴 하나, 거래처 혹은 고객사와 관련된 홍보의 경우 자체적으로 진행을 해 드리는 것이기 때문에 별도의 추가적인 부담은 일절 없다고 한다.

: 수익 모델

-컨테이너 임대수익

20피트 컨테이너: 1개월 19만 원

40피트 컨테이너: 1개월 36만 원

-입고, 출고 수익

20피트 기준 입고 시 지게차인 경우 25만 원, 인력인 경우 15만 원

20피트 기준 출고 시 지게차인 경우 35만 원, 인력인 경우 20만 원

-추가적인 수익

위탁관리 비용, 선반대여, 각종 박스, 테이프 등 판매 수익

인력소개소

일용직, 기사, 현장근로, 파출부, 식당, 청소 등 근로자를 근로현장에 파견

인력소개소란?

하루하루 들어오는 일거리가 들어오는 건설현장, 식당, 파출, 농장 등의 일을 근로자에게 소개해 주고 임금의 10% 정도의 수수료를 떼는 직업소개소이다. 사업의 성패는 일거리를 얼마나 많이 수주하느냐에 달려 있는데 큰 현장인 경우 한 군데만 100명~200명 등을 보내야 하는 경우도 있다. 이런 경우 하루 수수료 수입만 100~200만 원을 챙길 수 있어 이 사업의 매력이라고 할 수 있다.

: 유료직업소개 사업 요건

-직업안정법 시행령 제21조 [유료직업소개 사업의 등록요건]

①법 제19조 제1항에 따른 유료직업소개 사업의 등록을 할 수 있는 자는 다음 각 호의 어느 하나에 해당하는 자에 한정한다.

1.「국가기술 자격법」에 의한 직업상담사 1급 또는 2급의 국가기술자격이 있는 자

2. 직업소개 사업의 사업소, 「근로자 직업능력 개발법」에 의한 직업능력개발훈련시설, 「초·중등교육법」 및 「고등교육법」에 의한 학교, 「청소년 기본법」에 의한 청소년단체에서 직업상담·직업지도·직업훈련 기타 직업소개와 관련이 있는 상담업무에 2년 이상 종사한 경력이 있는 자

3.「공인 노무 사법」제3조의 규정에 의한 공인노무사 자격을 가진 자

4. 조합원이 100인 이상인 단위 노동조합, 산업별 연합단체인 노동조합 또는 총 연합단체인 노동조합에서 노동조합업무전담자로 2년 이상 근무한 경력이 있는 자

5. 상시 사용근로자 300인 이상인 사업 또는 사업장에서 노무관리 업무전담자로 2년 이상 근무한 경력이 있는 자

6. 국가공무원 또는 지방공무원으로서 2년 이상 근무한 경력이 있는 자

7.「초·중등교육법」에 의한 교원자격증을 가지고 있는 자로서 교사 근무경력이 2년 이상인 자

8.「사회복지사업법」에 따른 사회복지사 자격증을 가진 사람

* 추가요건

1) 유료직업소개소 사무실 시설기준: 사무실 전용면적 20㎡(실평수 6.5평) 이상을 확인할 수 있는 서류 및 위치도

2) 자격을 갖춘 직업상담원 1인 이상: 직업상담원이 기준 요건에 해당함을 증명하는 서류

3) 보증보험 또는 공제 가입: 보증보험이나 공제가입 또는 금융기관 예치를 증명하는 서류

: 수익구조

수익구조는 소개 수수료인데 급여의 10%를 수수료로 받는다고 보면 된다.

-현장근로(일명 막일) 위주인 경우
현장 근로자의 경우 보통 10만 원~15만 원 정도이므로 1인당 수수료는 1만 원~1만 5천 원이 된다. 하루 50명을 소개할 경우 50만 원~75만 원의 수입이 생긴다.

-파출부, 식당, 청소 등 여성 인력 위주일 경우
여성 인력의 경우 보통 7만 원~10만 원 정도이므로 1인당 수수료는 7,000원~1만 원이 된다. 하루 50명을 소개할 경우 35만 원~50만 원의 수입이 생긴다.

: 모집방법
모집은 두 가지를 모집을 해야 하는데 근로자와 거래처이다. 대체로 보면 근로자보다는 거래처(일거리) 확보가 더 힘들므로 이쪽을 더 집중해야 한다. 두 명이 동업 형태로 운영을 한다면 한 명은 근로자 확보에 주력하고 한 명은 거래처(일거리) 확보에 주력하는 방식으로 분업화하면 효율이 좋을 것이다.
아무래도 거래처 확보 쪽이 어려움이 많으므로 이쪽은 인센티브제 사원을 한 명 두는 것이 좋겠다.
근로자 확보와 거래처 확보를 동시에 할 수 있는 방법은 크게 두 가지로 나눌 수가 있는데 고전적인 오프라인 방식과 인터넷을 활용한 마케팅 방식이 있다.

1. 오프라인 마케팅

스티커, 담벼락, 벼룩시장, 현수막 등 우리가 지금까지 흔히 보아왔던 오프라인 마케팅 방법이다. 사람들은 아직도 여기에 익숙해져 있기 때문에 이렇게 고전적인 오프라인 마케팅 방법을 결코 무시할 수 없다.

2. 인터넷 마케팅

홈페이지, 블로그, 카페, SNS를 통한 마케팅 방법으로 필요할 때마다 광고비를 더 지불하는 방식으로 진행하면 된다. 인력소개소는 아무래도 현장직이 많다 보니 12월, 1월, 2월과 같이 겨울에는 건설현장에서 터 파기가 불가능하므로 휴지기간이라고 보아야 한다. 그러므로 토목과 관련이 없는 개보수 현장이 주로 수요가 있을 것이다. 그렇다 보니 일거리는 적은데 근로자는 많은 현상이 되는데 이런 경우 인터넷 홍보를 강화하여 노마진으로 가는 한이 있더라도 인력사무소를 운영을 해야 한다. 그렇지 않으면 성수기가 와도 근로자들이 없으므로 회사 운영이 안 되기 때문이다.

: 거래처 관리와 근로자 관리

1. 거래처 확보와 관리

거래처 확보는 이사업의 핵심 역할 일 것이다. 그러므로 사장이 나서서 주력하는 것이 좋은데 현장 소장들을 꾸준히 만나서 인맥을 다져 놓는 것이 좋다. 또 근로자들에게 현장을 소개해 주면 인센티브를 주는 형태로도 관리해야 한다. 이렇게 하면서 인터넷 쪽은 꾸준히 관리를 하여 거래처를 확보해 나가야 한다.

2. 근로자 관리

근로자 관리도 무시할 수 없는 이 사업의 양대산맥인데 중요한 건 근로자의 자질이다. 숙련된 근로자를 현장에 보내주게 되면 현장소장은 계속해서 거래를 할 것이고 소개까지 해 준다. 하지만 자질이 부족한 근로자들만 데리고 운영을 하게 되면 거래는 끊기게 되는 것이다. 숙련된 근로자는 사실 여기저기 현장에서 서로 데리고 가려고 한다. 그러므로 숙련된 근로자 비율을 어느 일정 수준 이상은 유지하려고 해야 하는 것이다.

-'모건스탠리' 사표 내고 가사도우미 중개업체 '와홈' 차린 20대
청년 이웅희 대표

20대 중반, 연봉 4억 원을 받는 글로벌 금융회사 직원이 사표를
냈다. 와홈 이웅희(29) 대표는 잘 나가던 금융맨이었다. 미국
코넬대학교 호텔경영학과를 졸업하고 스물네 살부터 홍콩 모건
스탠리에서 근무

2017년 위의 기사가 난 적이 있는데 가사도우미 분야는 아직
오프라인 사업으로 빠르게 온라인화 되고 있는 업종 중에 하나
이다. 그만큼 온라인에서 기회가 있다고 할 수 있겠다.

가정도우미 파견 대행업은 직업소개소의 일종으로 법적으
로 유료직업소개 사업요건을 갖춰야 창업이 가능하다. 창업요
건에 대한 내용은 위의 인력소개소 창업요건과 같은 내용이다.
가정도우미의 분야는 베이비시터, 가사도우미, 산후도우미, 간
병인, 학습시터, 북시터, 놀이시터 등 갈수록 세분화되고 있는
양상이다. 그만큼 수요가 늘고 있다는 뜻이기도 하다.

: 수익구조

인력소개소의 수익구조는 일당 10%를 급여에서 떼는 방식이지
만 가정도우미의 경우 최소 1개월부터 1년 등 장기로 운영되는
것이 보통이므로 수수료는 월 급여의 20%를 최초 2개월만 뗀
다. 예를 들어 월 200만 원에 베이비시터를 쓸 경우 20%인 40
만 원을 2회 받으므로 베이비시터 1명을 소개해 줄 경우 총수익
은 80만 원이 된다.

: 배상책임보험

가정 도우미의 경우 배상책임보험을 드는 경우가 늘고 있어서
사용자들도 안심하고 사용하고 있다. 피보험자 1인당 적용되는
배상한도액은 대인 1억 2천만 원/대물 500만 원(자기부담금은
10만 원 공제)이 보통이다.

: 비전

가사도우미 사업은 최근 미국에서는 아마존에서도 뛰어들 만큼
전망이 밝다. 갈수록 사회가 인공지능화 되고, 무인화 되는 반
면 휴먼케어 분야는 갈수록 더 많은 인력을 필요로 하는 추세이
다. 유럽 쪽에서도 휴먼케어 분야가 일자리 창출의 최대 직업군
으로 보고 있는 것이 다른 산업들은 로봇이나 AI가 빠르게 대체
해 나가더라도 사람을 케어해 주는 분야는 로봇이 힘들기 때문
이다.

2011년부터 고용노동부에서는 새로운 직업을 찾는 창업 준비생, 취업준비생들을 대상으로 국가에서 지정된 국비지원 직업전문학원에서 교육을 받을 경우 교육비를 최대 100%까지 지원해 주고 있다. 또 근로자가 직업능력개발훈련 교육을 받을 경우도 60%의 교육비를 지원해 주고 있다.

국비지원 직업전문학원이 사업자 입장에서 좋은 이유는 모든 교육비를 국가에서 학원으로 지급해 주기 때문이다. 예를 들어 IT전문과정 50만 원짜리를 수강생 30명을 모아서 운영한다고 하면 50만 원 x 30명 = 1,500만 원을 그 다음 달에 국가에서 학원에 지급해 주는 방식이다.

교육생들은 사실 자기 돈이 나가는 것이 아니기 때문에 부담 없이 강의를 들을 수 있어서 좋다. 학원 입장에서도 단순히 무료 수강생만 모으면 수입이 되기 때문에 사업이 수월한 것이다. 물론 일부 학원들 중에는 보조금 잿밥에만 관심이 있어서 신문에 나는 경우도 있는데 강좌 과정을 결코 소홀히 해서는 안 된다.

국비지원 직업전문학원은 전국에 몇 천 개가 있을 정도로 활발히 운영되고 있는데 초기 설립 과정은 좀 까다로운 편이다. 자세한 설립 조건은 아래와 같다.

: 국비지원 직업전문학원 설립조건

인적요건 :

- 대표자는 최소 1년 이상의 교육경력이 있어야 함(기존 2년에서 1년으로 축소)
- 직업훈련교사자격증 소지자 1인(훈련을 하고자 하는 직종의 훈련교사를 정규직으로 채용)
- 직업상담사 1인 : 직업상담사 자격증 소지자 및 직업상담업무 2년 이상의 경력자

직업훈련시설 요건 :

- 연면적 180 제곱 이상으로 60 제곱 강의실 및 실습실
- 건축물의 용도는 500 제곱 이하인 경우에는 직업훈련원 및 학원 용도 / 500 제곱 이상의 면적인 경우 교육연구시설로 되어 있어야 함

위의 인적요건과 시설요건을 갖춘 후 관할 고용지원센터 직업능력개발과에 직업능력개발훈련시설 지정신청서를 제출

* 국비지원 직업전문학원 설립은 생각보다 까다로우므로 설립을 대행하거나 자문해 주는 업체를 통하는 것이 좋다. 국비지원 직업학교를 설립하려는 학원들이 워낙 많은 데다 자격도 제대로 갖추지 않고 국비 지원만 받으려고 하는 업체들이 난립하고 있으므로 허가과정이 좀 까다로운 편이다.

: 교육과정

교육과정은 아래와 같이 굉장히 다양한데, 학원에서 강좌를 기획하고 고용노동부에 올려서 심의를 받는 형식이라 새로운 직업이 생기면 생길수록 과정은 늘어나게 되어 있다. 교육프로그램의 예는 아래와 같다.

프로그래밍, 게임 원화, 게임 기획, 게임 그래픽, 프로게이머, 웹툰, 일러스트, 일러스트레이터, 3D 모델링. 웹디자인, 캐드, 전산회계, OA, 웹디자인/웹퍼블리셔, 출판·영상편집, 건축설계/기계설계, 전산세무회계/ERP, 사무자동화/OA, 요리, 제과제빵, 커피바리스타, 컴퓨터, 캐드, 회계, 미용, 용접, 전기, 중장비

사무용품 전문 문구점

사무실을 대상으로 하는 문구점

-월 매출 3,000만 원대인 매장을 7개월 만에 월 매출 1억 원대 매장으로 변신시키고, 현재 두 개의 매장에서 각각 월 2억 원대 매출을 올리고 있는 *** (오피스넥스 구로점·강서점)

 문구점 중에 사무실을 대상으로 하는 문구점이 매출이 좋은 편인데 오피스넥스에 의하면 문구 가맹점별 월평균 매출액은 6,500만 원~1억 원 정도라고 한다. 상품 마진율은 30% 선을 보면 된다. 또 위완 같이 매월 광고비를 몇 백만 원 정도를 써서 마케팅을 신경 쓴다면 월 매출액이 2억 원가량 나오기도 한다. 이건 사업에 대한 역량의 차이라고 볼 수 있는데 이유가 있는 매출로 아래에 구체적인 방법을 설명하겠지만 충분히 가능성이 있어 보인다.

 창업아이템으로 문구점을 추천하는 이유는 한국의 프랜차이즈 상점 당 이익 규모로 보면 가장 많은 이익을 내는 업종은 약국으로 1곳당 매출액은 9억 2130만 원에 영업이익도 8,810만 원으로 12개 업종 프랜차이즈 중 가장 높았다. 2위는 안경점으로 매출액은 2억 9,200만 원이지만 마진율이 약국의 거의 2배 가까운 16.7%에 달해 4,890만 원의 영업이익을 달성했다. 3위는 문구점으로 매출액은 3억 5,900만 원에 영업이익은 3,360만 원에 달했다.

　이런 통계만 보더라도 프랜차이즈로 상점을 내려면 약국, 안경전문점, 문구점이 가장 성공할 확률이 높다. 하지만 약국이나 안경점은 대학교 학사학위가 기본으로 있어야 하고 시험도 합격해야 하므로 진입장벽이 높다. 그나마 진입장벽이 없는 것 중에 가장 수익성이 좋은 것이 문구점인데 그중에서도 사무실 대상으로 하는 문구점은 한 달 매출 1억 원이 넘는 곳이 상당하다. 오히려 약국, 안경전문점의 이익규모를 넘는 곳이 많을 정도이다.

　문구점 창업 시 주의할 점이 있는데 국내 문구 점수는 2001년 2만 5천 개 => 2011년 15,000개 수준으로 줄었는데 이건 학생 수 감소로 인해 줄어든 영향이 크다. 그러므로 학생으로 대상으로 하는 문구점은 이제 갈수록 사업이 안 된다고 봐야 한다.

반면 사무실 대상으로 하는 문구점은 매출이 꽤 되는데 문구 프랜차이즈 오피스디포 같은 경우 2012년 공정거래위원회의 집계 자료에 의하면 가맹점별 연평균 매출액이 10억 2,200만 원에 달했다. 이런 사례가 입증하듯이 사무실을 대상으로 하는 문구점은 꽤 많은 매출액을 달성하고 있다.

: 사무용 문구 전문 프랜차이즈 현황

이 분야는 오피스 알파가 개척을 했다고 해도 과언이 아닌데 가장 오래되었고, 가맹점 수도 가장 많다. 그다음이 오피스디포, 오피스넥스가 강세인데 이 세 군데가 이 분야에서 3파전을 이루고 있다고 보면 된다.

: 창업 시 소요비용

사무 문구 프랜차이즈인 오피스넥스에 의하면 평수 231㎡(70평) 기준으로 창업비용이 ▲프로그램 개발비 550만 원 ▲포스 장비 250만 원 ▲카탈로그 제작비 600만 원 ▲인테리어 7,000만 원(평당 100만 원) ▲간판 실사비 300만 원 ▲기타 소요비용 100만 원 ▲초도 비용 1억 1,200만 원(평당 160만 원) 등 총 2억 원이다.

: 성공하려면

성공한 사례를 보면 3가지 요인이 적용되면 무조건 성공한다고 보면 된다.

1. 입지

아무래도 주위에 사무실이 많아야 하고 경쟁업체가 없는 것이 좋겠다. 경쟁업체가 있더라도 충분한 수요가 있으면 상관이 없겠다. 이러한 입지 정보는 프랜차이즈 본사에서 이미 조사가 끝난 상태라 다양한 빅데이터를 보유하고 있으므로 의뢰하면 될 것이다.

2. 서비스

주로 사무실을 대상으로 할 텐데 사무실에서 원하는 요구 사항을 들어주어야 한다. 즉시 배달을 원할 경우 배달대행업체를 통하면 2천 원이면 가능하므로 바로바로 배송을 해 주는 것이 좋다. 회사별로 결제일이 있는 경우 외상 거래를 원하는 곳은 외상거래도 감수를 해야 한다. 또 각 회사별로 주로 많이 사용하는 품목을 구비를 해 놓는다면 더 많은 매출을 올릴 수 있다.

3. 마케팅

월 매출 1억 원 이상 되는 곳을 보면 마케팅을 꾸준히 하는 곳이다. 틈나는 대로 각 사무실을 돌면서 카탈로그를 돌린다든지, 포인트를 쌓아 준다든지, 광고를 낸다든지 하여 매월 몇 백만 원 이상은 마케팅비로 꾸준히 지출하여서 신규 고객을 유치하여야 한다.

: 수익모델

문구점의 상품 마진율은 외식업종보다는 낮은 편이라 30% 정도를 보면 된다. 여기서 월세하고 직원 인건비 등을 빼면 순 마진율은 대략 10%~15% 정도를 보면 된다.

의료기기 무료 체험방

안마의자, 온열기, 발마사지기 등 의료기기를 체험하고 구매

의료기기 무료 체험방이란 안마의자, 개인용 온열기, 저주파 자극기 등을 무료 체험하고 구매의사가 있으면 구매하도록 하는 것이 원래 취지이다.

최근 의료기기 무료 체험방을 통해 사기를 치는 사례가 많아져 식품의약품 안전처(이하 식약처)와 경찰청은 일명 '떴다방'으로 불리는 건강식품 판매업소와 '의료기기 체험방' 등 793곳을 합동 단속한 결과, 노인 등에게 허위·과대광고 등으로 상품을 불법 판매한 52곳을 적발하고 형사고발 등 조치를 했다고 한다.

의료기기 무료 체험방이라는 아이템은 괜찮은 아이템인데 사기의 도구로 사용되는 사례가 있어서 이 아이템을 소개할까 말까를 고민하다가 일단 소개를 해 본다. 이런 문제점이 있는데도 소개를 하는 이유는 앞으로 이 사업을 하는 사업자는 이와 같이 부당하게 사업을 하지 말고 좀 건전한 방향으로 이 사업을 이끌어 나갔으면 하는 바람으로 소개를 하는 바이다.
소개를 하지 않아도 누군가는 이 사업을 하겠지만 이 사업의 원래 취지를 살려서 의료기기를 폭리를 취하지 말고 가능하면 시중가보다 할인된 금액에 판매를 하여 하나의 산업으로 육성되

길 바라는 마음이다.

사회가 고령화되고 있고, 나이가 들면 어디 한 군데 안 아픈 곳이 없다. 그렇다 보니 의료기기, 건강식품 등을 많이 찾게 되는데 이런 시장을 겨냥한 것이 이 사업이다. 의료기기라는 것은 내 몸에 좋은지 안 좋은지를 제품마다 체험을 해 보고 구매를 해야 하는데 현실적으로 이렇게 하기가 마땅치 않다.

그래서 의료기기 무료 체험장이라는 대안이 떠오르게 되어 호응을 불러일으키고 있는데 매출도 괜찮은 편이라 여기저기 우후죽순처럼 생겨나고 돈만 챙기려는 사업주들도 있어서 처벌의 대상이 되기도 한다. 하지만 제대로 된 정가대로 팔고, 과장광고를 하지 않는다면 괜찮은 하나의 산업이 될 것이다.

: 비즈니스 진행

사업을 하려면 체험을 할 수 있는 온열기, 마사지기, 찜질기 등을 각각 구비해 놓고 무료로 편하게 체험을 할 수 있게 하면 된다. 또한 산양삼, 홍삼 같은 식품들도 진품을 갖다 놓고 정가대로 팔면 아무 문제가 없다.

체험을 할 사람들은 지역광고나 전단지 등으로 확보하여 유입을 늘려 나가면 되고, 만족한 구매자가 소개를 통해서 고객을 유입시킬 수 있는 선순환 구조를 만들어 간다면 사업이 성공할 수 있겠다. 만일 가격을 폭리를 취한다면 다시는 재구매할 사람도 없을뿐더러 소개도 없을 것이다.

웬만하면 가격도 시중가보다 저렴하게 할인을 해서 팔고, 사은품들도 만족할 만큼 주는 등 고객 서비스를 이어 가는 것이 중요하겠다.

안마기나 침대형 온열기 등은 가격도 고가이고 마진율도 좋아서 하루에 1개만 판매해도 충분히 한 달 1천만 원 정도의 마진은 가져갈 수 있다. 그러므로 너무 큰 마진을 남겨 고가에 판매하려고 할 필요가 없는 것이다.

사이버 오피스

비상주 오피스로 우편, 팩스, 전화비서, 회의실 등 제공하는 사업장

인터넷을 기반으로 하는 인터넷 서비스라든지 재택이 가능한 사업의 경우 사무실이 필요 없는 경우가 많다. 필자의 경우도 창업 시 프로그램 개발을 직접 하다 보니 재택으로 사업을 시작했는데 그때는 집으로도 사업자 등록이 가능했었다. 그런데 요즘 같은 경우 사업장 주소를 아파트 몇 동 몇 호로 하기가 참 난감하다. 세무서에서도 이상하게 생각하여 사업자등록증도 안 내줄 수도 있다.

그렇다 보니 실제 사무실은 필요가 없는데 사업장 소재지가 있어야 하는 경우가 생겨나는데 이런 애로점을 파악하여 생긴 비즈니스가 사이버 오피스라는 사업이다.

사이버 오피스는 실제로 사무실에서 근무할 공간을 임차하는 것이 아니라 사업장 등록을 할 사무실과 사업장 주소만을 필요로 하는 대상으로 서비스를 하는 비즈니스이다.

에어비앤비와 같은 공유개념은 아니고 아예 존재하지 않는 사무공간을 말한다. 실제로 몇 십 평 안 되는 사무실에 임대차 계약은 몇 백 개가 되어 있는 형태로 운영이 된다.

: 사이버 오피스의 이용방식

지점, 지사를 낼 수 있음

우편물 수발신 가능, 팩스 가능

전화 여비서 대행

회의실 사용 가능

: 사이버 오피스의 장점

사무실 보증금이 없음

월비용은 4-5만 원으로 저렴

강남 지역 등에 사무실을 낼 수 있으며 명함, 인쇄물 등에 주소를 기재할 수 있어서 좋음.

: 수익모델

-공간을 제공하지 않아도 월 4-5만 원을 받을 수 있음.

- 20평 정도의 사무실 안에 몇 백 개의 사무실을 입점 시킬 수 있음. 4만 원씩 300개 업체를 입점할 경우 한 달 임대 수익만 1,200만 원이 생김.

-세무기장을 세무사에게 넘겨주고 별도 수수료를 받을 수 있음. 개인 7만 원/법인 10만 원

-전화 여비서 대행 등에서 수익을 남길 수 있음.

-한 명의 전화 여비서가 전화기 수십 개~백 개를 갖다 놓고 처리하는 것이라서 한 업체 당 5만 원씩만 수수료를 받아도 많은 이익이 남음

이 사업을 하기 위해서는 사무실을 임대 받으면 사업하기가 좀 힘들다. 입주사들이 들어올 때마다 계속해서 전대차 계약 동의를 해줘야 하기 때문이다. 물론 건물주와 사전 합의가 잘 된다면 상관없지만 이해해 줄 건물주는 아마 없을 것이다.

방법은 있는데 사무실 한 칸씩 매매로 나온 것들이 있다. 경매도 좋다. 복합상가 같은 빌딩은 사무실 한 칸씩 분양을 한 경우가 있어서 사무실 한 칸을 대출받아서 사야 한다. 그러므로 초기 자본금이 아예 없이는 힘들고 조금은 필요한 사업이다.

이렇게 되면 사무실이 자기 소유기 때문에 아무리 쪼개서 임대를 한다고 해도 상관이 없는 것이다.

전세버스

버스, 버스기사를 임대해 주는 버스 대절 사업

전세버스, 버스 대절이란, 말 그대로 버스를 하루나 이틀과 같이 기간을 정해놓고 빌린다는 뜻이다. 물론 운전기사 포함이다. 2018년 현재 전세버스 운송 사업자는 1,800여 명, 등록대수는 4만 6,000여 대 규모로 전체 사업용 버스의 절반을 차지한다. 전세버스는 주로 관광용, 기업 연수용으로 사용되는데 인원이 많을 경우 사용자 입장에서도 저렴하므로 단체로 사용을 많이 한다.

과거에는 전세버스 사업을 하려면 차량을 구매해서 법인회사에 지입 형태로 넣어서 운행을 해야 했으나 2015년부터는 이런 관행을 없애기 위해 지입 기사들 간에 조합 형태로 사업자등록이 가능하게끔 해서 지입 기사들은 별도로 전세버스 법인회사에 수수료를 주지 않아도 운행이 가능하게 되었다.

전세버스 사업을 하려면 먼저 버스를 구매해야 하는데 45인승 기준 1억 원을 호가하기 때문에 처음엔 중고버스를 구매해서 운행을 권장한다. 사업이 적성에 맞지 않거나 수입이 생각보다 안 될 경우 버스를 처분해야 하는데 중고로 샀다가 중고로 파는 것이 손실이 덜 하기 때문이다.

: 전세버스 사업자등록

전세버스로 운행하기 위한 사업자등록은 약간 복잡한데 기존에는 법인사업자만 전세버스를 운행할 수 있어 전세버스를 운행하려면 법인사업자에 불법 지입 형태로 운행을 하였으나 2015년 국토부는 전세버스 불법 지입을 해소하기 위해 지입차주들 간에 조합 형태로 구성하여 공동출자, 공동소유, 공동수익 형태로 운영되도록 했다.

그래서 전세버스 사업자등록을 하기 위해서는 선행되는 절차가 5인 이상의 전세버스 협동조합을 구성하여 현금, 현물 형태로 출자하여 여객 자동차 운수사업 법에 따라 요건을 구비하여 관할 관청에 등록을 하면 된다.

: 전세버스 영업

전세버스 분야에도 카카오택시 형태의 앱들이 생겨나기 시작하여 서비스가 되고 있다. 고정 단골이 생기기 전까지는 이와 같은 앱들을 활용하는 것이 좋다. 업력이 생겨서 고정 단골이 많이 생긴다면 별도 수수료 없이 단골 장사만 해도 충분히 운행이 가능할 것이다.

하지만 사업 초기에는 단골 고객 확보가 우선이므로 수수료를 지불하더라도 전세버스 중계 서비스와 같은 앱들을 사용하는 것이 좋다.

: 요금

전세버스 분야도 가격들이 인터넷에 비교 당하기 시작하면서 경쟁이 치열해지고 있는데 아래 가격이 인터넷에서 통용되는 가격 수준이다.

45인승/왕복 400KM 기준- 당일: 34만 원 ㅣ 1박 2일: 51만 원 ㅣ 2박 3일: 75만 원

45인승/왕복 600KM 기준- 당일: 40만 원 ㅣ 1박 2일: 60만 원 ㅣ 2박 3일: 85만 원

화물차 운송업자는 별도의 허가를 받지 않아도 자신의 차량을 이용해 포장이사 영업을 할 수 있다는 대법원 판결이 나왔다.

화물 운송업자가 단순히 이삿짐을 운반하는 수준을 넘어 인부를 고용해 이사화물의 포장이나 보관, 상·하차 등 각종 부대 서비스도 제공할 수 있다는 취지다. 일반화물 운송과 이사화물 운송주선 업무를 구별해온 업계 관행에 변화가 예상된다. [2016년 7월 연합뉴스]

이사화물 운송주선사업은 2004년부터 허가제가 시행되었고 최근 화물 주선업 신규 허가가 금지되어 있어 암암리에 2,900만~3,300만 정도에 거래되고 있었으나 2016년 대법원 판결로 화물 운송 사업자도 인부를 고용해 포장이사를 해도 법에 저촉되지 않는다는 판결이 나와서 바로 창업이 가능하게 되었다.

이삿짐센터는 운수업의 일종으로 생각보다 진입장벽이 높다. 2013년 통계청에 따르면 업종별 생존율은 보건·사회복지(46.6%), 부동산·임대업(46.5%), 운수업(42.3%) 순으로 높았다. 반면 생존율이 낮은 업종은 예술·스포츠·여가업(13.7%), 숙박·음식점업(17.7%), 서비스업(19.3%) 순이었다.

이 통계와 같이 이삿짐센터와 같은 운수업은 자영업 중 사업을 장기적으로 지속할 가능성이 높은 업종 중 하나이다. 이삿짐센터가 소자본창업이 아님에도 여기 소개하는 이유는 이런 이유 때문인데 다들 남는 게 없다고 하소연해도 타 업종보다는 낫다는 결론이다. 필자가 잘 아는 동네 이삿짐센터 사장도 집도 사고 애도 키우고 하는 걸 보면 자영업 중에 수입은 괜찮다는 생각을 하고 있었다.

: 사업자 등록

사무실과 자본금 1억 이상으로 사업자등록을 해야 하고 보험에 가입해야 하며 화물 운송자격증과 영업용 넘버만 있으면 된다. 자본금 1억은 별도로 있어야 하는 건 아니고 자본금 1억으로 사업자등록을 하고 그 돈으로 차량을 구매하면 된다.
차량은 1톤, 2.5톤, 5톤 등 필요한 차량을 구매함과 동시에 영업용 넘버도 구매해야 한다.
화물 운송 사업이 허가제로 너무 많은 사업자가 진입하지 못하도록 해놓은 대신 사업 허가는 매매를 허용해 놓았기 때문에 인수 시 비용을 지불해야 하는 것이다.

영업용 넘버 가격은
1톤: 2,300~2,500만 원
1.2톤~4.5톤: 3,000만 원 수준
5톤: 3,500만 원 수준

: 영업

처음부터 홈페이지를 만들어서 영업할 필요는 없고, 이삿짐 가격비교 앱들이 많이 나와 있으므로 입점해서 오더를 받아오면 된다. 사업이 커지면서 홈페이지나 블로그 등으로 광고를 해 나가면 될 것이다.

: 수익구조

아파트 25평~30평 정도의 포장이사(5톤)의 이사비용은 같은 지역 기준으로 70~80만 원 정도가 들어간다.
반면 이삿짐센터의 마진 구조는 다음과 같다.
기준: 5톤 포장이사, 아파트 25평~30평, 1시간 이내 지역
인건비: 남자 3명, 여자 1명 기준 45~50만 원
기타: 사무실 비용, 차량 비용, 광고비, 기타잡비

이삿짐센터는 인건비 비중이 큰 사업으로 계산상으로는 인건비를 빼고 이사 1회 당 30만 원 선이 남는데 여기서 사무실 비용과 차량 유지비, 광고비, 기타잡비 등을 빼야 하므로 한 달 동안 쉬는 날 없이 교대로 근무를 해야 수입을 많이 가져갈 수 있다.

선물세트 도매공급, 판매업

추석, 설 명절만 장사하는 명절 선물세트 판매사업

　　명절 선물세트 판매업은 추석, 설 기간 약 2개월간 반짝 판매를 하는 사업이다. 설문조사 결과 추석 기간 동안 판매되는 선물세트의 개수는 평균 5.6개로 1인당 지출금액은 10~15만 원 정도로 나타났다. 국민 중 경제활동을 하는 인구수로 계산을 해보면 추석 명절 기간에 거래되는 선물세트의 개수가 1억 개~2억 개 정도로 추산된다.

　　추석이나 설 같은 명절에는 선물세트를 팔려는 공급보다 사려는 수요가 더 많기 때문에 어떤 걸 팔아도 팔린다. 필자가 아는 선물 관련 소규모 회사가 있는데 평상시는 회사 운영이 힘들 정도로 장사가 안 되는데 추석, 설 기간에만 한 달에 2억 원어치 이상의 물건이 팔려 나간다고 한다. 또 예전에 알던 스팸메일 발송 업자는 추석 전에 굴비업체에서 스팸메일 발송을 의뢰해서 발송해 줬는데 4천만 원어치 매출을 올려줘서 인센티브를 많이 받았다고 한 사례가 기억난다. 물론 지금은 스팸메일 발송이 불법이다

　　본 아이템은 명절을 겨냥한 선물세트 판매업이다. 추석, 설 등 명절 기간 2개월만 운영을 주로 하고 평상시는 거의 휴업 상태로 손해만 안 볼 정도로 운영을 해야 한다.

이 사업을 하려면 선물세트를 대량으로 구매할 자본금이 1-2억 정도가 있어야 하는데 해당 기간에만 필요하고 바로 상환하면 된다.

이 돈을 마련하는 좋은 방법은 부동산 담보대출 중에 마이너스 통장 개설이 있다. 1년, 2년 단위로 대출을 받게 되면 쓰지도 않는데 이자가 많이 나가게 된다. 그러므로 딱 1-2달 정도만 쓸 수 있게 마이너스 통장을 개설하여 1-2억 정도를 빌리면 쓰고 바로 갚으면 이자도 별로 안 나가서 유용하게 쓸 수가 있다.

: 판매할 선물세트의 구매

판매할 선물세트는 1개월 전에 1-2억 원 이상을 대량으로 구매해서 창고에 쌓아놔야 한다. 창고는 임대 창고를 1-2달 정도 빌려서 쓰면 된다.

물건은 도매상이나 중간 딜러에게 구매하면 안 되고 제조업체에 직접 연락해서 구매를 하면 좋다. 주로 CJ, 청정원, LG생활건강, 오뚜기 등에 판매 파트에 연락해서 도매업체라고 하고 1억 원 이상 구매를 한다고 하면 싸게 해 준다.

시중에 총판업자들도 다 이렇게 구매해서 도매상에 넘기고, 소매상에 넘기는 것이다.

: 판매

판매는 옥션, 지마켓 등 오픈마켓이나 쿠팡, 티몬 같은 소셜커머스, 네이버 스토어 등으로 통해서 판매하면 잘 팔린다. 명절 때 갑자기 개설해서 판매를 하려고 하면 잘 안될 수도 있으므로 평상시에 조금씩 판매를 하여 판매루트를 미리 점검해 놔야 한다.

: 실제 운영

선물세트 3만 원짜리를 1억 원어치 판매를 하려면 3,300개를 팔아야 한다. 1개월 동안 판다고 해도 주말 빼고 하루 150~200개를 팔아야 하므로 아르바이트 2명 정도는 미리 교육을 시켜서 판매를 원활히 해야 한다. 또 물건을 어느 정도는 쌓아놔야 하기 때문에 일정 공간도 있어야 한다.

: 명절 선물세트 판매 비중

평균 예산: 10~15만 원

가격대: 3~5만 원대: 56% ┃ 3만 원 미만: 22.8% ┃ 10만 원대 이상: 19% ┃ 5~10만 원대: 1.1% => 김영란법 시행 이후 5만 원~10만 원대 상품의 판매량이 줄어들었음

상품 종류별(지마켓 기준) 평균 구매개수: 생활선물세트 9.2개 ┃ 식용유 선물세트 9.1개 ┃ 바디 선물세트 5.6개 ┃ 커피 선물세트 3개 ┃ 사과 선물세트 2.4개 ┃ 배 선물세트 3.1개 ┃ 한우 선물세트 1.8개 ┃ 굴비/조기 선물세트 1.8개 (총 평균 판매개수는 5.6개)

선입견에 가려진 성인용품 창업, 블루오션일 수도….

　얼마 전에 플레저 랩이라고 여성창업가 2명이 여성을 주로 대상으로 하는 성인용품 숍을 차려서 연 매출 20억 가량을 달성했다는 뉴스 기사를 본 적이 있는데 남자들도 웬만해선 꺼려하는 성인용품 숍을 여성 두 명이 오픈했다 것도 의외였지만 여성만을 대상으로 하는 성인용품 숍이라는 것도 의외였는데 과연 여자들이 성인용품에 관심이 있을까라는 의문이 먼저 떠올랐다.

하지만 국내 어떤 성인용품 전문 회사에서 발표한 자료에 의하면 2015년을 기점으로 성인용품 판매액이 남성보다 여성이 앞질렀다고 한다. 그만큼 여성 시장이 폭발적으로 성장을 했다는 것인데 이것을 제대로 간파한 것이 플레저 랩이 아닐까 한다.

갈수록 사회가 비혼이 늘어나면서 남성들을 상대하는 업소들은 엄청나게 성업하는 반면 여성들 대상 업소는 거의 없을 뿐만 아니라 선호하지 않는 분위기다. 그렇다 보니 여성들의 성인용품점 매출이 많이 늘어난 것 같다.

　플레저 랩의 성공 요인을 몇 가지 분석해 보면 몇 가지가 있는데 첫 번째로 여성전용 성인 숍이라는 걸 자신 있게 선언한 것이다. 그리고 운영을 여성들이 하다 보니 불편함 없이 매장에 방문할 수 있었던 것이다. 만일 남성들이 운영하는 성인 숍이었다면 여성들이 방문을 꺼려할 것이다.

두 번째로는 웹사이트를 같이 운영하면서 시너지 효과를 낸 점이다. 온라인에서 보고 오프라인 매장을 방문하여 구매하기도 하고 오프라인 매장을 방문하여 신뢰가 쌓이면 그다음부터는 온라인 매장에서 지속적으로 구매를 한다든지 해서 서로 간에 시너지 효과를 낸 것이다.

세 번째로는 창업자가 기자 출신이라 매장에 대한 초기 홍보를 어렵지 않게 했다는 점이다. 오픈하자마자 잡지사 인터뷰, 인터넷 신문 기사 등을 게재하며 홍보에 중점을 두었던 것이다.

또 기사자료로 접합했던 것이 여성전용 성인용품 숍이라는 것과 사장이 여성 2명이라는 것은 충분한 기삿거리가 되었던 것이다. 이 정도로 이 창업은 기삿거리가 되기에 충분했는데 필자도 이 기사를 보며 생각지도 못했던 쇼킹한 창업이라는 생각이 들 정도였다. 또 여성 구매력이 이 정도라는 것은 고정관념을 깨는 일이었다.

: 창업의 단계
-점포 얻는 비용 약 3천 정도 이상
-초도물품비 1천~2천 이상
-임대형 웹사이트 초기 제작비 100만 원 정도
초기 창업은 소소하게 이 정도로 가능하리라 본다. 여기서 키워가는 건 아무래도 운영자의 역량에 달렸을 것이다.

: 비즈니스 모델

-마진율: 성인용품의 마진율은 높은 편으로 50~80% 수준으로 보면 된다. 온라인은 경쟁이 치열해서 이것보다는 좀 싸야 한다.

-재구매: 업종 특성상 단골 고객을 유치해야 성공할 수 있는 비즈니스로 재방문 유도를 높여야 한다.

-고가 상품 판매 가능: 여성 실제 모습을 본뜬 리얼돌 같은 경우 1천만 원대를 호가하는데 이런 제품들도 간간이 팔리므로 고가 상품 판매도 염두에 두어야 한다.

전편에 소개된 아이템 중
무자본 창업 가능한 아이템 소개

[요리 재료 배달전문음식점]
레시피로 홍보하고 바로 요리할 수 있게 음식재료를 배달

[보청기 판매업]
1인당 131만 원의 보청기 구매 정부지원금을 받아 운영하는 보청기 판매점

[필터 교체사업]
에어컨, 공기청정기, 정수기 등 필터만을 정기적으로 교체해 주는 사업

[홈케어 비즈니스]
새집증후군, 라돈 측정, 매트리스 살균 등 홈케어 전문 비즈니스

[B2B 사무용품 배달전문점]
사무실마다 사무용품을 도매가로 제공

[중소기업 정책자금 안내]
정부 정책자금정보를 각 기업에 제공하는 비즈니스

최근엔 가정집의 경우도 요식업 사업자 등록이 가능하므로 재택으로 할 수 있는 배달전문업이 경쟁력 있는 사업아이템으로 좋을 것이다. 임차료나 보증금, 권리금, 간판, 인테리어 등이 없으므로 원가 경쟁에서 유리할 수 있다. 설령 망한다 해도 타격이 없을 것이다. 주문 오더는 배달의 민족 같은 곳에 올리면 주문이 들어오고 주문 받기 싫으면 내리면 되니까 시간도 용이하게 사용할 수 있어 좋다. 배달할 사람이 없다면 배달대행업체를 이용하면 되므로 여러모로 사업이 용이하다.

짜장면 같이 완성된 요리는 배달되는 과정에서 음식이 식거나 불고, 1회용 포장재를 사용하다보니 비위생적이라 이런 단점을 보완한 것이 요리 재료 자체를 배달해 주는 배달전문음식점이다. 음식 재료를 배달하게 되면 배달 가능한 음식의 종류는 굉장히 많이 늘어나게 된다. 예를 들어 부대찌개 같은 경우 조리를 해서 배달하기가 힘든데 부대찌개 재료와 육수를 따로 배달해서 바로 조리해서 먹을 수 있게 한다면 배달의 종류는 상당히 늘어나게 된다. 기존 생각지 못했던 음식의 종류 까지도 배달이 가능하게 되며, 음식의 신선도도 굉장히 좋아져서 소비자들은 만족할 것이다.

지방중소기업청에 의하면 배달을 전문으로 집에서 사업자 등록증을 내고 사업을 할 수 있다고 한다. 과정은 요식업조합의

위생교육을 이수한 후 교육필증을 구청에 제출하면 요식업허가증이 나온다. 그걸 가지고 세무서에 가서 사업자등록을 하면 사업을 진행할 수 있다.

게다가 연간 매출액이 4,800만 원이 넘지 않으면 부가세 면세사업자로 유지가 가능하다. 연간 매출액이 4,800만 원이 넘는다면 최초 1년간만 면세사업자로 혜택을 볼 수 있다.

재택 배달전문음식점은 이미 하는 사람들이 있는 아이템인데 여기에 소개하는 이유는 최근 들어 성공 가능성이 많이 좋아졌기 때문이다. 기존에는 재택으로 음식점을 한다고 해도 손님이 오지 않기 때문에 사업 자체가 성립이 힘들었다. 하지만 최근 몇 년 들어서 배달의 민족, 배달통, 요기요 와 같은 배달앱들이 생겨나면서부터 이쪽 사업도 가능성이 보이기 시작한 것이다. 가게가 없이 재택이라도 사업자와 상호만 있으면 배달앱에 올려놓을 수가 있고 주문을 받을 수 있으니 가능해진 것이다.

게다가 간판이나 시설비가 없이 가능한 무자본 창업이다. 가게 하나 차리려면 아무리 허름한 가게라도 권리금, 보증금 포함하면 최소 1억 원의 자본금이 있어야 하고, 폐업하고 나온다면 1억은 한순간에 날려버릴 수가 있으니 이와 같이 재택으로 무자본 창업이 얼마나 좋은 혜택인지 모르겠다.

: 재택 배달전문점이 좋은 점

1. 무자본 창업이다

간판, 집기, 홀 등을 마련하지 않고 오로지 조리할 수 있는 기본 집기만 있으면 따로 준비할 것도 없다.

2. 월세, 관리비가 나가지 않는다.

음식점에 손님이 웬만큼 있어도 한 달 장사해 보면 남는 게 없는 이유가 월세 탓도 크다.

월세 내고 상가 관리비 내고 하면 진짜 남는 게 없다.

3. 연간 매출 4,800만 원이 넘지 않으면 부가세 면세 혜택이 주어진다.

연간 매출 4,800만 원이라는 건 사실 세무서에 신고하는 매출이다. 신용카드와 현금 일부를 신고할 텐데 부업 삼아 하는 거라면 이 정도 매출을 넘기지 않는다면 그다음 해에도 부가세 면세 혜택을 받을 수 있어서 좋다. 부가가치세가 매출액의 9.1%(11,000원짜리 음식이면 1천원은 부가가치세이다.)이므로 상당히 큰 금액을 절약할 수 있는 것이다.

: 주의 할 점

1. 사업자등록을 할 때 간이과세사업자로 신청하여야 한다. 일반과세로 처음부터 신청하게 되면 부가세 과세 사업자가 되어 부가가치세 면세 혜택이 없다.

2. 배달은 배달 대행업체에 맡기면 되는데 한 주문 당 2천원이 들어간다.

그러므로 건당 배달 금액은 최소 2만 원 정도가 넘어야 손실이 없다. 2만 원 미만은 배달료를 별도로 받는 것도 좋다. 2천원도 아끼려면 직접 배달하면 좋다.

3. 전단지를 만들어서 돌리거나 배달앱을 활용한다면 영업시간을 지정해서 등록하는 것이 좋다. 안 그러면 자는 시간이고 밥 먹는 시간이고 시도 때도 없이 전화벨이 울릴 것이다.

보청기 판매점이 잘 된다는 것은 거의 들어보지 못 했을 것이다. 하지만 종합상가들이 밀집해 있는 대형 상가건물을 보면 한 층에 하나씩 보청기 판매점들이 있다. 다들 돈 되는 건 소리 없이 하고 있었던 것이다.

보청기 판매점이 호황인 이유는 따로 있다. 바로 정부 지원금이 2015년 11월 15일부터 기존 34만 원에서 131만 원으로 대폭 늘어났기 때문이다. 이때부터 폭발적인 호황이 이루어진 것인데 아직 우리나라는 청능사나 청각사 자격이 없어도 보청기 판매점을 차려서 보청기를 판매하고 있다. 2015년 이전까지는 보청기 지원금도 작아서 수요 또한 많지 않아서 법적으로 제도화되지 않은 것 같은데 이건 조만간 법적으로 제도권 안으로 들어올 전망이다.

보청기 판매 수요가 증가함에 따라 국회의원들도 청능사를 필수로 국가자격시험에 넣는 것을 입법 발의할 예정이다.
또 사회가 고령화 되면서 보청기 수요가 폭발적으로 증가할 것으로 보이는데 여기에 따른 관련 산업 등도 호황을 누릴 것으로 보인다.

국내 보청기 시장은 최근 2년 단위로 1.5배씩 성장하고 있다. 하지만 이건 2015년 정부 보조금 131만 원이 지원되기 전의 상황이다. 2016년 이후 자료가 나온 것이 없는데 2016년부터 폭발적으로 성장했을 것으로 예상된다.

보청기 판매 시 정부 지원금을 보면 아래와 같다.

-보청기 판매 시 정부지원금
청각장애 등록자 117만 9천원 지원(5년마다 1회)
청각장애 등록자(차상위계층, 기초생활수급자) 131만 원 지원(5년마다 1회)

이와 같이 지원금이 대폭 확대되었다. 아직까지는 지원 확대된 사실을 대부분의 국민들이 인지하지 못하고 있으나, 사회가 시간이 지날수록 노령화 되면서 그만큼 보청기 수요가 폭발적으로 증가할 것으로 보인다.

보청기 구매 시 지원금을 받으려면 장애인 등록을 먼저 해야 하는데 등록 절차는 다음과 같다.

-청각장애 등록 신청 절차
읍, 면, 동사무소에서 장애진단 의뢰서 발급 => 병원에서 청력검사 후 장애진단서 발급 => 읍, 면, 동사무소에 장애진단서 제출 => 국민의료보험공단 심사 => 거주 읍, 면, 동사무소 장애인 등록증 발급

: 보청기 판매 자격

우리나라는 보청기 판매 자격에 제한이 없기 때문에 청각학과를 나와 전문적으로 공부를 하지 않거나 청능사 같은 관련 자격증이 없이도 누구나 보청기를 판매할 수 있는 구조다.

하지만 2018년 최도자 국회의원이 청능사자격을 현재 민간자격증에서 국가자격증으로 편입시키려고 하고 있으므로 보청기 사업을 하려면 그 전에 빨리 하는 것이 좋겠다.

: 보청기 시장의 성장성

한국은 아직 보청기 보급률이 유럽 국가들에 비해 저조한 편이다. 덴마크 같은 경우 난청환자 대비 보청기 지급률이 거의 45%에 이르지만 한국의 경우 8%선을 유지하고 있다. 그 만큼 한국의 보청기 시장의 성장 가능성은 크다는 것을 의미한다.

필터 교체사업

에어컨, 공기청정기, 정수기 등 필터만을 정기적으로 교체해 주는 사업

가정용 전자기기에는 필터가 의외로 많다. 에어컨, 공기청정기, 정수기, 비데, 자동차에어컨필터, 청소기필터 등 주기적으로 교체를 해야 하는 필터들이 굉장히 많다.

하지만 각 가전제품들은 회사들이 틀려서, 필터 하나 갈기가 쉽지가 않다. 에어컨은 구매할 때 필터가 그대로여서 열어보면 새까만 경우가 대부분이며, 진공청소기도 최초 구매할 때 필터 그대로여서 시커멓게 되어 있을 것이다. 비데는 필터가 있다는 것도 모를 것이다.

기껏 필터를 교체한다는 것은 정수기나 공기청정기 정도일 텐데, 공기청정기도 렌탈이 아니라 구매한 경우는 거의 교체를 안 했을 것이다. 그래서 필터만을 전문적으로 교체해 주는 비즈니스를 한다면 이런 생활에 불편한 부분들이 많이 해소될 것이다. 또한 말 안 해도 정기적으로 와서 알아서 교체해 준다면 더 좋다.

: 비즈니스 방법

인터넷 사이트 등으로 집에 있는 가전제품들의 모든 필터를 교체해 주는 광고를 해서 고객들을 모은다. 이 비즈니스는 각 지역별 지점을 둬야 하는 어려움이 있을 것이다. 하지만 이것은 나중에 진입장벽이 돼서 많은 경쟁업체들의 진입을 막을 것이다.

*죽이는 **무자본** 창업아이템 72가지*

처음엔 수도권 위주로 몇 개의 지점을 구성해서 사업을 시작하고, 주문 건수가 많아진다면 각 지방 별로 지점을 설치하면 되겠다. 우선 수도권 인구가 절반을 넘게 차지하고 구매력도 지방보다는 좋기 때문에 수도권을 먼저 커버하는 것이 좋다.

주문을 받을 때 가전기기의 제품 번호를 같이 받아서 어떤 필터를 준비해야 할지를 알아야 한다. 해당 필터들을 준비한 서비스 기사가 해당 지역의 지점에서 출동하여 가정에 방문하여 가전기기들의 필터 교체를 하는 것이다.

필터 교체를 한 후 3개월이든, 6개월이든 정기적인 점검 계약을 맺으면 할인을 해 준다든지 해서 장기계약을 맺는 식으로 비즈니스를 진행해 나가야 한다.

: 수익모델
1. 필터 교체 비용
해당 가전제품의 필터 값과 공임 비를 받는다.

2. 장기 관리비용
장기계약을 할 경우 할인해 주고 3개월~6개월에 한 번씩 방문하여 각종 필터를 교환해 준다.

3. 전자기기 판매
필터 교체를 하다 보면 전자기기 자체가 매우 낙후돼서 전기료가 많이 든다든지 필터 자체가 없다든지 하는 경우 전자기기 자체를 판매할 수 있다. 또 정수기 같은 경우도 요새 새로 나온 직수형 정수기로 교체를 권한다든지 해서 기기 판매 수익을 거둘 수 있다.

이와 같이 정기적인 케어를 필요로 하는 사업은 굉장히 사업성이 있다. 코웨이 정수기 같은 경우도 정수기를 관리해 주는 코디들이 신규 정수기를 추천해 준다든지 해서 코웨이 매출의 절반 이상을 올리고 있다고 한다. 그 정도로 고객과 정기적인 만날 수 있는 사업은 굉장한 시장을 보유하고 있는 사업으로 굉장히 많은 이익을 거둘 수 있다.

과학이 발달하면서 우리 생활 주변에 인체에 해가 되는 물질들을 측정할 수 있게 됨으로써 수치에 따라 대비를 할 수 있게 되었다. 예를 들어 불과 몇 년 전까지만 해도 공기 질을 측정 하는 장비가 일반인들에게는 보급이 안 되었다. 초미세먼지, 미세먼지 등의 수치 자체를 전문가가 아니고는 알 수가 없었던 것이다.

하지만 초미세먼지 농도를 파악할 수 있게 됨으로써 스스로 안 좋은 공기 질을 개선해 나갈 수 있게 되었다. 특히 초미세먼지 같은 경우는 우리 몸속에 들어와 모세혈관 등에도 침투하여 질병을 일으키는 원인이 된다는 걸 알게 된 것이다. 이후 각 가정에는 초미세먼지를 대비하기 위해 이를 거를 수 있는 공기 청정기를 들여놓게 되므로 어느 정도 개선해 나갈 수가 있었던 것이다.

최근에는 라돈 사태가 터지므로 공기뿐만 아니라 일상생활에 쓰이는 제품들도 안 좋은 환경호르몬을 생성한다는 인식을 가지게 되었다. 특히 라돈은 건축자재에서 많이 유출이 되는데 10년 전만해도 라돈이라는 개념 자체를 인식하지 못해서 환경부에서 건축 자재에 쓰이는 골재에 대해 방사능 검사 자체를 하지 않았던 것이다. 선진국에서는 이미 골재에 대해 방사능 검사를 해서 통과된 골재만 채취가 가능했으나 한국은 이런 대처를 하지 못했던 것이다.

　반드시 오래된 집 같은 경우 반드시 라돈 측정을 해 봐야 하는데 집을 짓는 골재에서 방사능이 얼마나 나오는지를 미리 측정하지 않았기 때문이다.

또한 석면 같은 경우도 건축에 상당히 많이 사용되는 건축 자재로 예전부터 유해성 논란이 있었다. 석면의 경우 머리카락 굵기의 5천분의 1 정도밖에 안 되어 눈에 보이지 않아 인식을 못하고 있었는데 최근 과학이 발달하면서 인체에 얼마나 유해한지가 속속 증명이 되고 있다. 석면이 폐에 들어올 경우 폐세포 속에 박혀서 지속적으로 염증을 유발해 암으로까지 발전할 수 있다. 최근 초등학교에서는 방학을 이용해 석면 철거 작업들을 많이 하고 있는데 이런 이유들 때문에 특히 어린아이 같은 경우 더 치명적이기 때문이다.

이와 같이 생활을 하는 집도 안전할 수가 없는데 생활 속의 이와 같은 유해물질들을 검사해 주는 회사가 있다면 충분히 돈을 지불할 것이다.

　생활 지킴이 서비스는 전문적인 장비를 가지고 공기질 측정, 정수기 수질 측정, 매트리스 곰팡이 측정, 라돈 방사능 측정, 석면 측정, 새집증후군 측정 등 집안의 모든 유해성분들을 측정해 주는 서비스이다.

: 사업방식

이건 오프라인 사업이기 때문에 각 지역마다 지점을 설치해야 하므로 초기 비용이 많이 들 수 있다. 우선은 인구가 많은 수도권에 몇 개의 지점을 설치 후 주문이 많아지면 지방까지 진출하는 방식이 적당하겠다.

생활 지킴이 서비스는 전문 장비를 보유한 서비스 기사가 각 가정을 방문해서 점검하는 방식으로 운영이 된다. 사실 이건 월비용을 받기에는 좀 무리가 있으므로 건당으로 과금처리하는 것이 합리적일 것이다. 또한 이 서비스는 부가수익을 창출하는 요소들도 꽤 있는데, 오래된 매트리스 교환이라든지, 수질 안 좋은 정수기를 교체한다든지, 라돈이 유출 안 되게 공사를 한다든지, 공기 청정기를 바꾼다든지 하는 요소들이 있다.

서비스 방식은 브랜드를 만들고 앱과 사이트 등으로 홍보를 진행하여 주문이 들어오면 해당 지역 기사가 출동하는 방식으로 한다. 주문이 전국 단위로 많아진다면 문의 들어온 걸 각 지역 지점별로 분산을 해서 예약 날짜와 비용 등을 상담 후 서비스 기사가 출동하면 되겠다.

: 수익모델

1. 검사비 수익

 공기질 측정, 정수기 수질 측정, 매트리스 곰팡이 측정, 라돈 방사능 측정, 석면 측정, 포름알데히드 측정 등을 하는 데는 각종 전문 장비들이 필요하고, 여기에 따른 검사비를 받을 수 있다.

2. 교체비

예를 들어 정수기 수질이 안 좋은 경우 정수기를 자사와 연결된 좋은 품질의 정수기로 교체할 수 있다. 매트리스 같은 경우도 마찬가지이다.

3. 제품 판매비

일반인이 사용할 수 있게 일반용 측정기를 판매할 수 있다. 공기질 측정기나 라돈측정기 등은 시중에서도 구매할 수 있다. 또 새집증후군 같은 경우 포름알데히드가 유출되지 않게 방지용 제품을 판매할 수 있다.

4. 공사비

라돈 유출의 경우 라돈 유출 방지 공사를 할 수 있다. 오래된 집 같은 경우 건축자재에서 방사능이 많이 유출되므로 이것을 차단하는 공사가 필요하다.

이와 같이 수익모델은 꽤 많다. 고객들이 환경 호르몬에 대한 경각심을 가지고 있는 만큼 이를 차단 할 수 있는 장치는 반드시 하고 생활을 하는 게 좋다.

: 영업방식
1. 홈페이지 영업

홈페이지개설은 기본적으로 해야 할 것이다. 홈케어 서비스의 공신력을 높이기 위해서 홈페이지가 있어야 하며 자세한 설명도 필요하기 때문이다.

2. 입주초기 아파트 대상 영업

공사가 완공되고 입주가 시작되는 시점의 아파트를 공략하여야 한다. 부동산도 될 수 있고, 아파트게시판마다 새집증후군, 라돈, 공기질 무료측정을 홍보수단으로 내세워 마케팅을 하면 좋겠다. 또 업체들이 많이 하는 영업방식은 입주 초기 아파트의 구경하는 집을 공략해서 일정의 인센티브를 주는 방식으로 한다.

3. 뉴스광고를 통한 새집증후군, 라돈가스에 대한 경각심을 심어주면 좋다. 뉴스광고를 대행해 주는 업체들이 많으므로 이용하면 좋다.

B2B 사무용품 배달전문점
사무실마다 사무용품을 도매가로 제공

　　사무실만을 상대로 하는 B2B 사업으로 큰 사무실 같은 경우 토너,A4용지, 봉투 등 필수적인 사무용품 사용금액만 천만 원 단위가 넘는다. 보통 근처 문구점에서 대량으로 싸게 가져 온다든지, 인터넷으로 산다든지 한다. 전문적으로 사무용품만 공급해 주는 그런 곳이 없기 때문이다.

보통 사무실에서 많이 쓰는 사무용품은 10가지를 크게 넘지 않는데 제일 많이 쓰는 것이 A4용지, 토너, 잉크, 볼펜, 판촉물 등인데 업종별로 사용하는 빈도 차이가 많이 날 수는 있다.

여기서 중요한 것은 너무 많은 사무용품을 공급하지 말고 금액단위가 큰 주요 사무용품들을 대량으로 빠르게 배송해 주는 것이다.

: 비즈니스 진행

사무용품 배달만을 전문으로 하므로 별도의 매장은 필요 없고 재고를 쌓아놓을 수 있는 대형 창고만 있으면 된다. 예를 들어 수요가 많은 A4 용지 같은 경우 공장에서 트럭단위로 구매해 놓고 주문이 있을 때 배송해 주면 된다. 보통 사무실에서 주문이 들어오면 몇 박스 단위로 주문을 하기 때문에 건당 매출이 크다.

그다음에 토너나 잉크 등이 주문이 많은데 보통 재생토너를 많이 쓴다. 토너를 재생 시키는 법은 한두 시간이면 배울 수 있다. 대형 토너 액을 사다가 토너에 주입만 시키면 된다. 물론 기종에 따라 난이도가 있기는 하지만 그리 어려운 작업은 아니다.

매출이 중요한데 사무용품을 B2B로 팔 경우 100군데 정도의 사무실만 고정적으로 공급해도 한 달 매출이 몇 억 단위가 바로 넘어간다. 이것이 B2B사업의 매력일 것이다.

이 사업은 분업이 중요한데, 영업파트, 주문, 배송파트, 제작파트, 구매파트로 나누어서 전문화 시켜야 한다. 먼저 영업파트에서는 신규 사무실을 지속적으로 발굴한다. 사무실마다 구매 담당자를 만난다든지 사무실마다 전단지를 부착한다든지, 인터넷 광고를 한다든지 사업자 대상으로 이메일을 대량으로 보낸다든지 하는 여러 가지 영업방식을 통해 매달 신규 거래처를 꾸준히 발굴해 나가는 것이 중요하다.

주문 배송 파트에서는 원활하게 주문을 처리해야 하는데 자사의 홈페이지나 앱을 통해 오더를 손쉽게 넣을 수 있게 한다. 신규 상품이 업데이트 되면 신속하게 올려놓기 위해서 사이트 등을 이용하는 게 좋다. 그리고 주문 시 이케아 영업방식과 같이 카탈로그를 상품에 넣어주는 방식도 괜찮다. 제작파트에서는 재생토너 제작이라든지 봉투제작이라든지 이런 과정을 기계를 사다가 자동화 시켜서 원가를 절감하는 것이 좋겠다.

구매파트에서는 가능하면 저렴한 가격에 원재료를 구매할 수 있어야 하는데, 시장에 덤핑으로 나온 물건을 잡는 루트도 있어야 하고, 직접 공장을 컨택하여 생산한다든지, 해외 공장 등에서 저렴한 가격으로 가져 올 수 있는 루트 등을 발굴해야 한다. 이케아 같은 경우 재료의 원가절감을 위해서 구매파트는 1년 내내 세계 각국을 누비며 다닌다.

: 수익모델

이 비즈니스 모델은 대량 구매를 통한 원가 절감이 핵심이 될 것이다. 사무실을 100군데만 고정으로 거래해도 필요한 물량은 몇 억 원어치가 될 것이다. 그러므로 구매파트에서 대량으로 싸게 생산한 물건을 공급해 주는 것이 사업의 성패를 가를 수 있을 것이다. 각 사무실에 아무리 싸게 공급한다고 하더라도 상품 마진율은 20% 이상 남게 돼 있다. 그러므로 일단 매출을 최대로 많이 늘려가는 게 급선무일 것이다. 월 10억 매출에 10%만 남긴다 해도 월 1억은 남지 않는가? 그러므로 이것이 B2B 비즈니스의 장점일 것이다.

또한 매장을 두고 하는 사업이 아니기 때문에 원가 부분에서도 절감하는 비용이 크다.

정부에서는 중소기업을 위해 여러 가지 지원제도를 내 놓고 있는데 이런 정책들은 많은 회사들이 구체적으로 어떻게 시행되는지를 잘 알지 못 할 뿐더러 자금을 지원 받는 방법도 알지 못하는 경우가 많다.

그래서 정부에서 지원 하는 자금들을 전문적으로 분석해서 중소기업에 지원을 성사시켜 주는 비즈니스라 하겠다. 정부에서 시행하는 정책자금 지원제도는 아래와 같다.

: 정책자금 지원제도
-정책자금 지원제도는 정부가 중소기업 경쟁력 강화, 창업촉진 등 정책목표를 달성하기 위해 예산 및 기금 등을 원천으로 조성한 자금을 중소기업에 저리로 융자·출연·출자·보조의 형태로 지원하는 제도

-중소기업에 대한 정책자금은 중소벤처기업부, 중소기업진흥공단, 산업통상자원부 등 정부 각 기관, 지방자치단체 등에서 운영
특히 중소벤처기업부에서 취급하는 정책자금이 큰 비중을 차지하고 있는데, 그 종류에는 창업기업지원자금, 투융자복합금융자금, 신시장진출지원자금, 신성장기반자금 등이 있음.

: 정책자금 종류

-고용관련 정책지원금

 청년추가고용장려금: 1인당 최대 연 900만 원씩 3년간 지원

 정규직전환지원금: 대상근로자 고용 시 1년간 우선지원대상기업은 최대 720만 원

 청년취업인턴제: 인턴 신청자를 인턴으로 채용한 기업은 월 60만 원, 정규직 전환하여 6개월 고용유지 시 65만 원*6월분(390만 원)

-중소기업 정책자금융자: 개별기업 당 융자한도는 중소벤처기업부 소관 정책자금의 융자잔액 기준으로 45억 원

-신용보증기금

우수기술 창업기업: 연대보증 면제 보증금액 기준으로 같은 기업 당 2억 원 이내

전문가 창업기업: 연대보증 면제 보증금액 기준으로 같은 기업만 3억 원 이내

: 진행

이 비즈니스는 회사 차원에서 너무 크게 하는 건 문제가 있다. 이런 제도를 악용해서 일부 회사에게만 많은 정책자금이 매년 흘러들어가는 부작용이 발생하여 악성 전문 브로커 들을 단속하기 때문이다.

그럼에도 불구하기 워낙 큰돈이 중소기업정책자금으로 책정되

어 있다 보니 정책자금 관련한 비즈니스들이 상당히 많다. 정책자금을 전문적으로 강의하는 학원도 있고, 보험사에서도 정책자금을 받아 주는 비즈니스를 진행하여 보험을 가입시키고 있고, 노무사, 세무사 등에서도 진행하고 있다.

필자의 회사에서도 작년 노무관련 정책자금을 1억 원이나 환급받기도 했다. 정규직을 일시에 많이 전환시켰더니 1억 가까운 돈이 들어왔다. 그제야 실감이 났는데 사업을 하는 17년 동안 이런 정책자금을 나도 받을 수 있다는 걸 전혀 모르고 있었다.

왜 일반 회사에서 정책자금 혜택을 받기 힘든가 하면 수급 과정이 복잡하기 때문이다. 아니 복잡하게 느끼는 지도 모르겠다. 누군가 대행을 해 주지 않고는 수급이 힘든 구조이다.

정부에서는 너무 많이 수급하니까 과정을 까다롭게 한 것 같은데 그러다 보니 전문 브로커를 통하지 않고는 자금수급이 어려워진 것 같다. 또 정책지원금에 대한 홍보도 거의 안하므로 이런 게 있다는 걸 알고 타 먹는 회사만 계속 타 먹게 되는 것 같다.

: 적용모델

정책자금 소개 비즈니스는 단순 브로커 역할로 수수료 몇% 받는 것은 큰 실효성은 없다.

이 비즈니스는 회사를 상대로 영업을 해야 하는 업종에 적합하다. 주로 B2B사업을 하는 비즈니스가 적당할 것이다.

세무회계사무소나 노무사 등을 하면서 신규 기장을 할 업체를 개척할 때 유용하게 써 먹을 수 있다. 또는 판촉물 업체나 기업용 납품회사 에서도 신규 거래처를 뚫을 때 이런 정보들을 소개해 주면서 자연스럽게 거래를 터 가는데 사용하면 안성맞춤일 것이다.

그러므로 영업의 도구로써 굉장한 가치가 있다는 것이다. 실제 기업을 상대로 하는 보험업계에서 이런 비즈니스를 많이 하기도 하는데 필자가 아는 곳은 연 100억 이상의 매출을 올리고 있다.

또 기업체 컨설팅 회사들도 단골 메뉴로 정책자금을 취급한다. 노무, 세무회계, 감사 등을 전문으로 하는 중소기업 컨설팅 회사가 있는데 월 30만 원 관리비용을 받으면서 이와 같은 정책자금 컨설팅도 같이 넣어서 해준다. 그러므로 이런 정부의 프로세서를 잘 알고 있으면 비즈니스를 펼쳐 가는데 많은 도움이 될 것이다.

죽이는 **무지본 창업아이템 72가지**

지은이 김승현

1판 1쇄 발행 2018년 12월 3일
1판 2쇄 발행 2020년 7월 28일

저작권자 김승현

발행처 하움출판사
발행인 문현광
교 정 성슬기
편 집 강태연
주 소 전라북도 군산시 축동안3길 20 2층 하움출판사
ISBN 979-11-88461-74-5

홈페이지 www.haum.kr
이 메 일 haum1000@naver.com

좋은 책을 만들겠습니다.
하움출판사는 독자 여러분의 의견에 항상 귀 기울이고 있습니다.